Patrick Modiano
Dora Bruder

多拉·布吕代

〔法〕帕特里克·莫迪亚诺 著　黄 荭 译

人民文学出版社
PEOPLE'S LITERATURE PUBLISHING HOUSE

著作权合同登记号　图字 01-2016-7626

Patrick Moniano
Dora Bruder
© Éditions Gallimard, Paris, 1997

图书在版编目(CIP)数据

多拉·布吕代/(法)帕特里克·莫迪亚诺著;黄荭译.
—北京:人民文学出版社,2016
(莫迪亚诺作品系列)
ISBN 978-7-02-011820-5

Ⅰ.①多…　Ⅱ.①帕…　②黄…　Ⅲ.①中篇小说-法国-现代　Ⅳ.①I565.45

中国版本图书馆 CIP 数据核字(2016)第 152994 号

| 责任编辑 | 甘　慧　彭　伦 |
| 装帧设计 | 汪佳诗 |

出版发行	人民文学出版社
社　　址	北京市朝内大街 166 号
邮政编码	100705
网　　址	http://www.rw-cn.com
印　　制	上海利丰雅高印刷有限公司
经　　销	全国新华书店等
字　　数	69 千字
开　　本	889 毫米×1194 毫米　1/32
印　　张	4.25　插页 5
版　　次	2017 年 1 月北京第 1 版
印　　次	2017 年 1 月第 1 次印刷
书　　号	978-7-02-011820-5
定　　价	29.00 元

如有印装质量问题,请与本社图书销售中心调换。电话:01065233595

Dora Bruder

八年前,在一份旧报纸——一九四一年十二月三十一日的《巴黎晚报》上,我偶然读到第三版的一个栏目"从昨天到今天",登的是一则寻人启事:

巴黎

寻失踪少女多拉·布吕代,十五岁,一米五五,鹅蛋脸,灰栗色眼睛,身着灰色运动外套,酒红色套头衫,藏青色半身裙和帽子,栗色运动鞋。有任何消息请联系布吕代先生和夫人,奥尔纳诺大街41号,巴黎。

奥尔纳诺大街这个街区我一直很熟。小时候,我常常陪母亲去圣图安的跳蚤市场。我们坐公交车在克里尼昂古尔门下车,有时在十八区的市政府门口下车。每次都是周六或周日下午。

冬天，在大街的人行道上，沿着克里尼昂古尔的兵营，在川流不息的行人中央，总能看见一个胖乎乎的摄影师，酒糟鼻，戴着一副圆眼镜，在游说路人拍张"纪念照"。夏天，他就待在多维尔，在太阳酒吧前做生意。在那里还能招揽到一些顾客。但是在克里尼昂古尔门这边，路人似乎都不想拍照留影。他穿着一件旧外套，一只鞋已经破了一个洞。

我记得一九五八年五月，一个阳光灿烂的星期天午后，冷冷清清的巴尔贝斯大街和奥尔纳诺大街。每个十字路口都有卫队把守，因为阿尔及利亚事件。

一九六五年冬我就在这个街区。当时我有个女友住在尚皮奥内路，奥尔纳诺49-20。

那个年头，周末沿着兵营川流不息的人流想必已经把胖摄影师冲走了，但是我从来没去确认过此事。这个兵营是干吗用的？曾经有人告诉我里面驻扎的是要前往殖民地的军队。

一九六五年一月。傍晚六点光景，夜色就已降临奥尔纳诺大街和尚皮奥内路。我是无名小卒，隐没在这暮色、这街巷里。

奥尔纳诺大街尽头，单号那侧最后一家咖啡馆叫"再叙"。左边靠近内伊大街的拐角处有另外一家，里面有一台自动点唱机。在奥尔纳诺、尚皮奥内的十字路口，有一家药房、两家咖啡馆，靠杜埃斯姆路的那家更老一点。

我在这些咖啡馆里能等到什么……一大早，天还没亮。傍晚暮色降临。之后，咖啡馆关门……

星期天晚上，一辆黑色的旧跑车——好像是一辆捷豹——停在尚皮奥内路的幼儿园附近。后面有一块车牌：G.I.G.残废军人。这辆车出现在这个街区让我吃了一惊。我在想车的主人会是一副怎样的面容。

一到晚上九点，大街就冷清了。我脑海中又浮现出辛普朗地铁口的灯光，几乎正对着奥尔纳诺43号电影院的入口。41号，就在电影院前面的那栋楼，从来没引起我的注意，尽管我从它前面经过已经有几个月，几年了。从一九六五到一九六八年。有任何消息请联系布吕代先生和夫人，奥尔纳诺大街41号，巴黎。

昨夕今夕。隔着岁月，景物在我眼前都模糊了，这一年的冬天和那一年的冬天也分不清了。比如一九六五年的冬天和一九四二年的冬天。

一九六五年，我对多拉·布吕代一无所知。但今天，三十年后，我感觉自己在奥尔纳诺大街上的十字路口那几家咖啡馆里漫长的等候，走的那些一成不变的路线——我沿着蒙塞尼路朝蒙马特尔高地的几家旅馆走去——格兰古尔街上的罗马旅馆、阿尔西纳或苔拉斯——还有脑海中依稀浮现的印象：一个春天的夜里，我听到克里尼尼昂古尔街心花园的树下传来的喧嚣的人声，到了冬天，朝辛普朗地铁站和奥尔纳诺大街走去，又能听到那些喧闹，这一切都不是偶然。或许我还没有清晰地意识到，我已经走在了多拉·布吕代和她父母曾经走过的路上。他们曾经就在那里，像一个个影子。

我试着寻找一些踪迹，回到最悠远的往昔。大概在我十二岁的时候，我陪母亲一起去克里尼昂古尔的跳蚤市场，一个波兰犹太人在卖行李箱，在他右边是街道两边摆满摊位的马里克市集、维尔内松市集……一些行李箱很奢华，皮革的，鳄鱼皮质地的，另一些是纸板的，也有旅行包和贴了跨大西洋公司标签的随身行李箱——所有的箱子都叠在那里。他的摊位是露天的。他嘴边总是叼着一支香烟，一天下午，他递给我一支。

有时候我去奥尔纳诺大街的电影院。在大街尽头"再叙"咖啡馆边上的克里尼昂古尔宫。奥尔纳诺43号。

我后来才知道奥尔纳诺43号是一家很古老的电影院。二十世纪三十年代建的，外形像一艘邮轮。一九九六年五月我又回到那一带。电影院被一家商场取代了。穿过埃尔梅尔路，就到了奥尔纳诺大街41号楼的前面，寻找多拉·布吕代的寻人启事上提到的那个地址。

一栋十九世纪末的五层楼房。和39号楼是一个整体，被奥尔纳诺大街、埃尔梅尔路和两栋楼后面的辛普朗路环绕。两栋楼很像。39号楼标了建筑师的名字，黎什福，还有盖楼的年份：一八八一年。41号楼肯定也一样。

从二战前直到五十年代初，奥尔纳诺大街41号是家旅馆，39号也一样，叫金狮旅馆。战前，也是在39号，有一家咖啡简餐厅，是一个叫加扎尔的人开的。我没有找到41号那家旅馆的名字。五十年代初，这个地址上挂的是奥尔纳诺酒店和单间公寓出租公司的牌子，蒙马特尔12-54。和战前一样，也有一家咖啡馆，老板叫玛尔夏尔。现在这家咖啡馆也不复存在。当初咖啡馆是位于马车出入的大门的右边还是左边来着？

这扇门对着一条很长的过道。过道的尽头，是朝右拐的楼梯。

消失的记忆需要花很长时间才会重新浮现。这些记忆的蛛丝马迹残留在本子上,不知道本子藏在哪里,由谁来看管,那些看管本子的人是不是愿意拿给你看。或许他们忘记了这些本子的存在,如此而已。

需要一点点耐心。

就这样,我终于得知多拉·布吕代和她父母在一九三七年和一九三八年已经住在奥尔纳诺大街的这家旅馆里。他们租了五楼一间带厨房的房间,那层楼有一圈短短的铁栏杆围起来的阳台,两栋楼都是这样。五楼有十几个窗户。有两三个朝着大街,其他对着埃尔梅尔路的路尾,后面的一排窗对着辛普朗路。

一九九六年五月的这天,我回到这个街区,五楼对着辛普朗路那排窗户最前面的两扇百叶窗关着,锈迹斑斑,在这两扇窗前的阳台上,我看到一堆乱七八糟的东西,好像被丢在那里很久了。

战前的两三年里,多拉·布吕代应该就注册在街区的某所市立中学读书。我给几所中学校长都写了封信,问他们在学生名册上能否找到她的名字。那几所中学的地址是:

费尔迪南-弗洛贡路8号

埃尔梅尔路20号

尚皮奥内路7号

克里尼昂古尔路61号

他们都很热心地回了信。谁都没有在战前的学生名单上找到她的名字。最后,尚皮奥内路69号女子中学的老校长建议我自己去查名册看看。有一天我会去的。但我现在还有点犹豫。我还希望她的名字能在那里查到。那是离她家最近的一所中学。

我花了四年时间查到了她确切的出生日期:一九二六年二月二十五日。又花了两年时间查到了她的出生地:巴黎,十二区。我有的是耐心。我可以在雨中等上几个小时。

一九九六年二月一个星期五下午,我去了十二区区政府的户籍管理处。这个部门的职员——一个年轻男子——递给我一张表格让我填：

申请人：请填写您的

姓

名

住址

我申请查看下面人员出生证明的完整复印件：

姓：布吕代　　名：多拉

出生日期：一九二六年二月二十五日

请在以下选项中选择，您是：

被查者本人

父亲或母亲

祖父或祖母

儿子或女儿

丈夫或妻子

法定代表人

您持有被查者的身份证

若非以上人员，不能复印被查者的出生证明。

我填了单子，把它递给他。看过单子后，他对我说他不能给我复印完整的出生证明：我跟被查者没有任何亲缘关系。

有那么一时半刻，我认为他是那些负责保守见不得人的秘密、禁止别人知道这个秘密从而找到某人存在的痕迹的看守遗忘的哨兵之一。但他看起来很和善。他建议我去法院申请一份特别许可，皇宫大街2号，户籍管理处3科室，5楼，5号楼梯，501号办公室。周一到周五，14:00到16:00。

皇宫大街2号，我刚准备穿过大栅栏门和中间的院子，一个警卫给我指了指下面一点的另一个入口：进圣礼拜堂的那个。栏杆中间排了一队游客，我想直接进门廊，但另一个警卫做了一个严厉的手势，示意我和其他人一起排队。

一间衣帽间的尽头，规定要大家把口袋中的所有金属物品拿出去。我身上只有一串钥匙。我要把它放在一个传送带上，到玻璃的另一边取回，但当时我一点都没弄明白这是要干什么。由于我迟疑了片刻，我又被另一个警卫呵斥了一下。他是宪兵？还是警察？我是不是也要像刚入狱的人那样，把我的鞋带、皮带和钱包交给他？

我穿过一个院子，走进一条走廊，步入一个很大的大厅，一些手上拿着黑色公文包的男男女女在里面走来走去，其中几个穿着律师的袍子。我不敢问他们去5号楼梯怎么走。

一个坐在一张桌子后面的门卫给我指了指大厅的尽头。从那儿我进了一个冷冷清清的厅，几扇向外斜开出去的窗照亮了一个灰暗的日子。我在厅里走了一圈都没有找到5号楼梯。我像在噩梦中一样恐慌起来，眩晕起来，在梦里找不到车站，而时间过去，眼看这就要误火车了。

二十年前，我也曾有过一次类似的经历。我得知父亲住进了萨尔贝特里耶慈悲医院。我青春期后就没见过他。于是，我决定出其不意地去看望他。

我记得自己为了找他，在这所大得不得了的医院游荡了几个小时。我走进一排古老的大楼，走进摆了一排排病床的集体病房，我问了几个护士，但她们给我的信息是互相矛盾的。在这个巍峨的教堂和一排让人感觉不真实的大楼里来来回回走了很多趟之后，最终我开始怀疑我父亲是不是真的在这儿。那都是些十八世纪的建筑，让我联想到玛侬·莱斯科[①]和那个时代，当时这里是阴森的名叫"总院"的女子监狱，里面收押的都是要送到北美路易斯安那去的女犯人。我在石子铺的院子里走来走去，直到暮色降临。我后来再也没见过我父亲。

---

① 玛侬·莱斯科是法国普雷沃神父发表于1731年的小说《玛侬情史》中的女主人公。

不过我最终还是找到了 5 号楼梯。我步行上楼。一排办公室。有人把 501 室指给我看。一个短发女人，神情冷漠地问我要干什么。

她用干巴巴的嗓音跟我解释说要想得到出生证明的副本，我应该写信给共和国的检察官，巴黎大审法院检察院，奥尔菲弗尔河岸街 14 号，三处 B。

三周后，我收到了回复。

一九二六年二月二十五日，二十一点十分，多拉，女，出生于桑泰尔路 15 号，父亲是埃尔内斯特·布吕代，一八九九年五月二十一日出生于奥地利维也纳，操作工，母亲是塞西尔·布尔岱吉，一九〇七年四月十七日生于匈牙利布达佩斯，无业，两人住在塞纳瓦兹省塞弗朗，列吉亚大道 2 号。出生证明写于一九二六年二月二十七日十五点三十分，由见证了分娩一事的加斯帕·梅耶申报，七十三岁，皮克皮斯路 76 号的员工和住户，他在读过证明后，和我们，还有奥古斯都·纪尧姆·罗斯、巴黎十二区的区长助理签了字。

桑泰尔路15号是罗斯柴尔德医院的地址。那个时期，医院的产房诞生了很多和多拉一样的移民到法国的穷苦犹太家庭的孩子。一九二六年二月二十五日，好像埃尔内斯特·布吕代那天没能请到假亲自到十二区的区政府申报女儿的出生。在记录上或许可以找到在出生证明下面签字的加斯帕·梅耶的一些信息。皮克皮斯路76号，他是那里的"员工和住户"，恰恰就是罗斯柴尔德医院的地址，那家医院是专为老人和穷人开设的。

多拉·布吕代和她父母的行踪，在一九二六年这个冬天，迷失在巴黎东北郊乌尔克运河一带。有朝一日，我要去塞弗朗，但我又害怕那里的房屋和街道都改变了模样，和所有其他郊区一样。下面是那一时期列吉亚大道上一些机构的名称和一些住家的名字：弗兰维尔的特里阿农位于24号。一家咖啡馆？电影院？31号曾经是巴黎大区的酒窖。一个叫若朗的医生住在9号，一个叫普拉泰尔的药剂师住在30号。

多拉父母住的列吉亚大道和延伸到附近塞弗朗、里弗里-加尔冈、奥奈丛林一片区域都属于同一个居民区，统称为弗兰维尔[①]。这个区是围着二十世纪初在这里创建的

[①] 原文为Freinville，音译为弗兰维尔，意译为"刹车城"，也说明这一片城郊是因为西屋刹车厂的建立而形成的。

西屋刹车厂而形成的。一个工人聚居区。三十年代它想变成独立的市镇，但没有成功。于是，它一直依附于周边的三个市镇。不过它还是有属于自己的火车站：弗兰维尔站。

埃尔内斯特·布吕代，多拉的父亲，一九二六年冬，肯定是西屋刹车厂的操作工。

埃尔内斯特·布吕代。一八九九年五月二十一日出生在奥地利的维也纳。他应该是在布达佩斯的犹太区度过了他的童年时光。他父母应该和大多数从帝国东部省份来维也纳的犹太人一样，来自加利西亚、波希米亚或摩拉维亚。

一九六五年，我二十岁，在维也纳，也就是我经常在克里尼昂古尔街区出入的那一年。我住在圣查理教堂后面的托布斯图蒙加斯。我在西站附近一家龙蛇混杂的小旅馆住了几夜。我记得在西尔维因镇和格林津镇的夏夜，公园里有乐队演奏。还有海利肯斯塔特镇上一个工人公园中间的一家度假小棚屋。七月的周六和周日，所有店铺都关门，甚至哈维卡咖啡馆也一样。整个城市冷冷清清。阳光下，有轨电车从西北区一直穿过珀茨莱恩斯多夫公园。

有朝一日，我会重新回到三十多年都没再去过的维也纳。或许我会在维也纳的户籍管理处找到埃尔内斯特·布吕代的出生证明。我还将知道他父母的出生地。他们的家住在哪里，应该在北站、普拉特游乐场、多瑙河围起来的第十区的某个地方。

孩提和青少年时期的他，应该很熟悉普拉特游乐场里的咖啡馆和布达佩斯人演戏的剧院。还有瑞典桥。还有泰伯街附近交易所的院子。还有加尔默罗广场集市。

一九一九年，在维也纳，二十岁的他过得比我艰难。从奥地利军队最初的失利开始，数以万计的难民就逃离了加利西亚、布科维纳和乌克兰，源源不断地大批迁到这里，挤在北站周围简陋的小棚屋里。一个每况愈下的城市，和已经不复存在的帝国断了联系。埃尔内斯特·布吕代应该就混迹在这群失业大军中，成了游荡在商店都关了门的街道上的人群中不起眼的一个。

或许他的身世不像那些从东部来的难民那么悲惨？他是泰伯街上一个商店店主的儿子？怎样才能知道真相？

在二十年后为方便组织占领区犹太人大抓捕而建的、一直都留在二战老兵部的数千张档案的一张上面，指出埃尔内斯特·布吕代是"法国外籍军团的二等兵"。这么说来他曾经加入过外籍军团，不过我不能确切地知道是哪一年。一九一九年？一九二〇年？

在军队一待就是五年。他甚至都没必要到法国去参军，只要去一个法国领事馆报名就可以。埃尔内斯特·布吕代是在奥地利参的军？还是那时候他已经到了法国？不管怎么说，很可能他和其他像他一样的德国和奥地利人一起被派到贝尔福或南锡的兵营里，在那里人们对他们的态度可不怎么好。之后是马赛和圣让要塞，在那里他们也不是很受欢迎。再后来是漂洋过海：据说利奥泰元帅在摩洛哥需要三万名士兵。

我试图重建埃尔内斯特·布吕代的足迹。在阿尔及利亚的西迪贝勒阿巴斯，他们拿到了津贴。大多数的军人——德国人、奥地利人、俄国人、罗马尼亚人、保加利亚人——当时的处境是那么悲惨，他们甚至很惊讶会给他们发这笔津贴。他们觉得不可思议。他们飞快地把钱揣进兜里，生怕别人会从他们那里要回去。之后是军事训练，在沙丘上跑步，在阿尔及利亚的烈日下没完没了地行军。像埃尔内斯特·布吕代一样从中欧来的士兵都受不了这样的训练：他们青少年时期就营养不良，因为第一次世界大战那四年食品是实行配给制的。

再后来，是在梅克内斯、非斯或马拉喀什的兵营。他们被派到那里执行任务，去平定摩洛哥这些叛乱的地区。

一九二〇年四月，拜克里特和哈塔查战役。一九二一年六月，朗贝尔指挥的外籍军团在杰贝勒海雅内打战。一九二二年三月，舒夫艾切尔战役，罗斯上尉。一九二二年五月，提齐安德尼战役，尼古拉的外籍军团。一九二三年四月，阿尔巴拉战役，塔扎战役。一九二三年五月，塔尔朗投入巴博布利达艰苦卓绝的战斗，纳杰兰指挥士兵用猛烈的火力攻下。二十六日夜里，纳杰兰的外籍军团出其不意地攻占了伊申迪特平原。一九二三年六月，塔扎战役，纳杰兰的外籍军团拿下了山头。士兵们在军号声中把三色旗插在了一座宏伟的城堡上。瓦迪阿加战役，巴利埃尔的外籍军团上了两次刺刀。布什森舒兹指挥的外籍军团攻克了布海穆吉南峰的防地。埃尔默盆地战役。一九二三年七月，伊穆泽高地战役，卡丹的外籍军团，布什森舒兹的外籍军团，苏西尼和热努德的外籍军团。一九二三年八月，瓦迪唐吉特战役。

夜里，在这片沙漠和碎石的风景里，他会不会梦回维也纳，他的故乡，梦到大街上的栗子树？埃尔内斯特·布吕代的档案卡上，记录着"法国外籍军团二等兵"，还记录着"残废军人100%"。他是在上面哪场战役中负的伤？

二十五岁,他置身巴黎街头。因为他的伤,不得不让他退役了。我猜想他从来没有跟别人说过自己的这段经历。对此谁都不感兴趣。没有给他法国国籍。唯一一次我看到有提到他的伤的,是在警察局二战占领时期对犹太人实行大抓捕的一张档案卡片上。

一九二四年，埃尔内斯特·布吕代在位于儒勒-若弗兰广场的十八区市政府，和一个十六岁名叫塞西尔·布尔岱吉的少女结婚：

一九二四年四月十二日十一点二十八分市政厅，在所有人的见证下，男方：埃尔内斯特·布吕代，操作工，一八九九年五月二十一日出生于维也纳（奥地利），家住巴黎巴舍莱路17号，雅格布·布吕代和阿黛尔·瓦希兹之子，父母双亡；女方：塞西尔·布尔岱吉，缝纫女工，一九〇七年四月十七日出生于布达佩斯（匈牙利），十六岁，住在巴黎巴舍莱路17号父母家，父亲是艾利希尔·布尔岱吉，裁缝，母亲是丹泽·库提内阿；两人结为夫妻。

主证婚人奥斯卡·瓦尔德曼，商务代表，拉巴路

56号和西蒙·斯若塔，裁缝，家住居斯提内路，夫妻双方、证婚人和巴黎十八区的市长助理艾蒂安·阿尔德里在证书上签了字。女方的父母申明不识字不会签名。

塞西尔·布尔岱吉是一年前和父母还有四个兄弟姊妹一起从布达佩斯来到巴黎的。这是一个原籍俄罗斯的犹太家庭，不过可能在二十世纪初就已经在布达佩斯定居了。

第一次世界大战后，在布达佩斯的生活和在维也纳一样艰难，必须再往西逃离、迁徙。他们在巴黎拉马克路的犹太人难民营里住了下来。他们刚到拉马克路的那个月，三个女儿，一个十四岁，一个十二岁，一个十岁，就都死于伤寒热。

塞西尔和埃尔内斯特·布吕代结婚的时候住的巴舍莱路是蒙马特尔高地南坡一条很小的巷子。17号当时是一家旅馆，埃尔内斯特·布吕代退伍后可能就暂居在那里。我猜想他是在那里认识了塞西尔。一九六四年这个地址还是一家咖啡馆旅馆。那以后，在原来17号和15号的地方改建成一栋大楼。只保留了15号的门牌号。大家都觉得用一个门牌号更简便。

他们婚后和多拉出世后的几年，一家人一直住在旅馆房间里。

他们都是些几乎没有留下痕迹的过客。默默无名。他们在巴黎的某些街头、某些郊区显得毫不起眼，我也是偶然发现他们曾经在那里居住。人们对他们的认知概括起来常常只是一个简简单单的住址。地点的精确和他们不为人所知的生活形成了鲜明的对比——这种空白，这群默默无闻、寂寂无声的人。

我找到了埃尔内斯特和塞西尔·布吕代的一个外甥女。我跟她通过电话。她对他们的印象只是些儿时的记忆，既模糊又精确。她记得她的姑父人很好很温和。是她给了我一些他们家庭的细节，我把它们都记录下来。她听说在住到奥尔纳诺大街的旅馆之前，埃尔内斯特、塞西尔·布吕代和他们的女儿多拉曾经在另一家旅馆住过一段时间。那条街对着布瓦索尼埃路。我看着地图，把街道的名称逐一报给她听。是的，是波龙索路。不过她从来没听说过巴舍莱路也没听说过塞弗朗路，既没听说过弗兰维尔也没听过西屋刹车厂。

人们以为曾经居住过的地方会留下过往的蛛丝马迹。深深浅浅、凹凸可见的印记。对埃尔内斯特和塞西尔·布吕代以及多拉而言，我认为是些凹进去的印记。每次我来到一个他们居住过的地方，我都有一种缺席和空虚的印象。

当年波龙索路上的两家旅馆，第一家在49号，是一个叫胡盖特的人开的。在电话簿上，旅店的名称是"美酒旅店"。第二家在32号，老板是一个叫夏尔·康帕齐的人。这些酒店没有招牌。今天，它们都不复存在。

一九六八年，我常常顺着这些大街小巷，一直走到露天地铁的桥孔下面。我从布朗什广场出发。十二月，土堤上遍布的是市集的摊位。灯光朝夏贝尔大街方向渐次黯淡下去。我对多拉·布吕代和她父母还一无所知。我记得当我沿着拉里布瓦歇尔医院的围墙走，穿过底下的铁路线的时候有一种奇怪的感觉，好像自己走进了巴黎最阴暗的地方。而那只是色彩绚丽的克里希大街和地铁拱桥下阴暗、走不到头的黑墙造成的反差罢了……

在我的记忆中，夏贝尔区今天给我的印象就是一条条消逝的线，因为靠近火车北站的铁路线，在我头顶呼啸而过的地铁轰隆轰隆的声音……谁都不会在这附近久留。那儿有十字路口，四通八达，每个人都奔着自己的方向离去。

不过，我还是记下了这个区几所学校的地址，或许在学生名册里我可以找到多拉·布吕代的名字，如果这些学校今天还存在的话：

幼儿园：圣吕克路3号。

区女子小学：卡维路11号，布瓦索尼埃路43号，奥朗死胡同。

很多年过去，克里尼昂古尔门，直到战争爆发。那些年他们的情况我一无所知。塞西尔·布吕代是一名"加工毛皮的女工"，还是像档案卡片上登记的"成衣女职工"？听她外甥女说，她在灰索路附近的一家工坊里工作，不过她也记不太清楚。埃尔内斯特·布吕代是不是一直当操作工，已经不在西屋刹车厂，而是在另一个郊区的某个地方？还是他也在巴黎的成衣工坊找了一份差事？占领期间建的一份关于他的档案卡上，我读到这样的记载："残废军人100%。二等兵，法国外籍军团"，在职业这一栏边上写的是："无"。

几张那一时期的老照片。最老的一张是他们结婚那天拍的。他们都坐着，肘挨着肘都靠在一张独脚小圆桌上。她裹着一块大大的白纱，好像是在左额头打了个结，一直拖曳到地上。他穿着礼服，打了一个白色的蝴蝶结。一张和他们女儿多拉的合影。他们坐着，多拉站在他们前面：她最多也就两岁的样子。一张多拉的照片，显然是在一次颁奖典礼上拍的。她十二岁左右，穿着连衣裙和白色短袜。她的右手上拿着一本书。她的头发上戴着一个小小的花冠，似乎点缀着白色的花朵。她把左手搭在一个巨大的白色立方体的边上，立方体上镶嵌着带几何图案的黑色条纹，这个白色立方体摆在那里应该是做装饰用的。另一张照片也是在同一个地方、同一时期甚至可能是同一天拍摄的：可以认出地上的瓷砖和那个带几何图案黑色条纹的巨大白色立方体，塞西尔·布吕代就坐在立方体上。多拉站在她左边，穿着有领的连衣裙，左臂弯着，手搭在母亲的肩膀上。另一张多拉和她母亲的合影：多拉大概十二岁，头发比前一张照片上短一点。两人都站在一堵古老的墙前面，不过那应该是影楼的背景墙。她们都穿着白领的黑裙。多拉站在母亲的右边，稍稍靠前一点。一张椭圆形的照片，多拉年纪稍大一点——十三四岁的样子，头发更长了——三人排成一行，脸转过来对着镜头：先是多拉和她母亲，两人都穿着白衬衫，然后是埃尔内斯特·布吕代，穿着西装打着领带。一张塞西尔·布吕代的照片，站在郊区的一幢小屋前面。近景，左边是一堵墙，爬满了爬山虎。她坐在第三级水泥台阶的沿儿上。她穿着一条夏天浅色的连衣裙。远景，一个孩子的背影，光着手臂和腿，穿着黑色针织衫或泳衣。多拉？木栅栏后面有另一幢小屋，一扇大门，楼上只有一扇窗户。这会是在哪儿呢？

一张更久远一点的多拉的单人照，九岁十岁的样子。她似乎是在屋顶上，一束阳光洒在她身上，周围的一切都在阴影里。她穿着一件罩衫和白色的短袜，左臂弯着，手搭在胯上，右脚踩在一个水泥的大笼子的沿儿上，因为在阴影里，看不清里面关的是什么动物或什么鸟。从影子和斑驳的阳光判断，那是一个夏日。

在克里尼昂古尔区还有很多其他的夏日。父母带多拉到奥尔纳诺街43号看过电影。只要过街就到了。还是她自己一个人去的？听她表姐说，她很小就很叛逆，独立，喜欢冒险。旅馆房间对一家三口而言显然是太逼仄了。

小时候，她应该在克里尼昂古尔广场上玩耍过。这个街区有时候看起来像一个村庄。晚上，左邻右舍把椅子搬到人行道上，坐在那里聊天。到咖啡馆的露天座喝柠檬汽水。有时候，几个男人牵着几头山羊一路卖羊奶，十个苏一大杯，也不晓得他们是真的牧羊人还是流浪艺人。羊奶的泡沫粘在嘴边就跟你长了一圈白色胡须一样。

在克里尼昂古尔门，有一栋楼房和进城门的关卡。左边，在内伊大街的居民楼和跳蚤市场之间，整个街区到处是棚屋、库房、刺槐和被拆毁的矮房子。在我十四岁的时候，这片废墟曾经让我感到震惊。我以为自己在两三张冬天拍的照片上认出了这个地方：一片空地上只看见一辆公交车驶过。一辆卡车停在那里，好像永远都开不走了。一片雪原，边上候着一辆有篷马车和一匹黑马。尽头是一片消失在雾气中的楼房。

我记得在这片被摧毁、被夷为平地的废墟上，我生平第一次感到了空虚。我当时还不知道有多拉·布吕代的存在。或许——我也不太肯定——她也在这里散过步，在这个让我想到情人幽会、感怀已逝的幸福时光的地方。这里依然还弥漫着乡间的回忆，从街道名就略见一斑：井巷、地铁巷、白杨巷、群狗死胡同。

一九四〇年五月九日，多拉·布吕代，十四岁，注册在马利亚圣心寄宿学校里，是十二区匹克普斯路 60、62 和 64 号的天主教救济会女校的修女们办的。

寄宿学校的名册上有下面的评语：

姓名：多拉·布吕代

出生年月和地址：一九二六年二月二十五日，巴黎十二区，父亲是埃尔内斯特·布吕代，母亲是塞西尔·布尔岱吉。

家庭情况：婚生子

入校日期和标准：一九四〇年五月九日，包食宿

离校日期和原因：一九四一年十二月十四日，离家出走。

她父母为什么把她放在这所寄宿学校？或许是因为三个人一起挤在奥尔纳诺大街旅馆的一间客房里生活太不方便了。我寻思埃尔内斯特和塞西尔·布吕代是不是受到了被关押的威胁，因为他们是"帝国侨民"和"前奥地利人"，从一九三八年开始奥地利就不复存在，成了"帝国"的一部分。

一九三九年秋，男性"帝国侨民"和"前奥地利人"就已经被关押在"集合营"了。他们被分为两类：有嫌疑和没有嫌疑的。没有嫌疑的被集中在科隆布的伊夫杜马努瓦体育场。之后，十二月，他们被归入"外籍从业人员"。埃尔内斯特·布吕代是不是就属于这类从业人员？

一九四○年五月十三日，也就是多拉入住马利亚圣心寄宿学校四天后，轮到女性"帝国侨民"和"前奥地利人"被召集到冬季赛车场，关押了十三天。之后，随着德国军队的逼近，她们被转到下比利牛斯省的古尔集中营。塞西尔·布吕代是不是也被召集去了？

你们被编到那些你们从没听说过的奇怪的类别里，跟你们的真实身份并不相符。你们被召集去，被关押。你们很想弄明白这到底是为什么。

我也在琢磨塞西尔和埃尔内斯特·布吕代是通过怎样

偶然的机会得知这个马利亚圣心寄宿学校的存在的。是谁建议他们把多拉放在这所学校就读？

我想她在十四岁的时候就已经表现得像她表姐跟我形容的那样独立，个性叛逆。她父母认为她需要管束。马利亚圣心寄宿学校的学生都出身贫寒家庭，多拉就读时的负责人写的校史简介上可以读到这样的文字："失去家庭或从社会福利院送来的孩子，那些总是受到基督特别眷顾的孩子。"在一份给救济院天主学校的修女们的小册子上写道："马利亚圣心寄宿学校的创建是为了救助首都那些贫苦家庭的孩子和少女们。"

那里大约有三百名寄宿生。十二到十六岁的"大孩子"被分成两类："学习班"和"缝纫班"。"学习班"准备小学毕业文凭，"缝纫班"准备家政文凭。多拉·布吕代是在"缝纫班"还是"学习班"？隶属于原诺曼底圣救世主子爵修道院的救济会天主教学校的修女们于一八五二年在匹克普斯路创办了马利亚圣心寄宿学校。在当时，它就是一个职业寄宿学校，有五百名工人家庭出身的女生和七十五名修女。

一九四〇年六月大溃败期间，女学生和修女们都离开巴黎，暂避在曼恩-卢瓦尔省。多拉应该是和她们一起在奥赛和奥斯特里兹火车站乘坐最后几列拥挤的列车离开的，在当时还可以坐火车。沿途她们看到长长的南下去卢瓦尔省的难民队伍。

七月回到巴黎。寄宿学校的生活。我不知道寄宿生穿的校服是怎样的。或许就是一九四一年十二月多拉的寻人启事中提到的：酒红色套头衫，藏青色半身裙，栗色运动鞋？还有一件外套？我几乎可以猜到每天的作息时间。早上大约六点起床。礼拜堂早课。教室。食堂。教室。操场课间休息。食堂。教室。晚自习。礼拜堂晚课。寝室。每周日允许外出。我猜想对这些一直受到基督眷顾的女孩子而言，高墙大院里的生活非常艰苦。

听人说，匹克普斯路天主教学校的修女们在贝蒂西组织了一个夏令营。是在贝蒂西圣马丁还是在贝蒂西圣皮埃尔？两个村庄都在瓦卢瓦地区桑利斯一带。一九四一年夏天，多拉·布吕代或许和同学们一起在那里度过几天假。

马利亚圣心寄宿学校的校舍不复存在。后来在原址上盖的一批新楼让人可以想见当初寄宿学校的占地之广。我没有一张关于这所消失的寄宿学校的照片。在一张巴黎老地图上，那个地址上标着："教会学堂"。可以看到四个小方块和一个十字架代表了寄宿学校的校舍和礼拜堂。把这块占地区分开来的，是一条长长的又窄又深的空地，从匹克普斯路直到何伊路。

在地图上，寄宿学校的对面，匹克普斯路的另一边，依次是主母修道会、妇女修会和匹克普斯小礼拜堂，还有公墓，在一个大坑里埋了几千名在大革命恐怖时代最后几个月被砍头的无辜者。和寄宿学校在同一边的，几乎和它毗连的是圣克洛蒂尔德圣母院。再过去是迪亚克内斯圣母院，我十八岁那年，有一天在这里看过病。我现在还记得迪亚克内斯花园的样子。我不知道当时这个机构曾经是女子感化院。跟马利亚圣心寄宿学校有点像。跟好牧师管教所也有点像。这些地方，人们把你关在这里，你都不清楚自己是否有朝一日可以出去，显然都有着奇怪的名字：昂热的好神父。达尔内达尔避难所。利摩日圣玛德莱娜收容院。纳扎雷孤独救济院。

孤独。

马利亚圣心寄宿学校，匹克普斯路60、62和64号，位于这条路和加尔德何伊路交会的街角。在多拉就读的时期，这条路还带着乡下的气息。街道单号的那一边是修道院绿树掩映下长长的围墙。

我能拼凑起来的关于这些地方的所剩无几的细节有以下这些，多拉·布吕代在将近一年半的时间里天天都看到：沿着加尔德何伊路延伸的大花园，匹克普斯路上的三栋主楼分别有一个院子把它们隔开。主楼后面是礼拜堂周围的辅楼。礼拜堂旁边，圣母像雕塑和做成像洞穴一样的岩石下面，修建的是这所寄宿学校的恩主玛德尔家族的地下墓室。人们称它为"鲁尔德圣母岩洞"。

我不知道多拉·布吕代在马利亚圣心寄宿学校是不是交到了朋友。还是她一直都不合群。因为我没办法从她的某个老同学那里得到证实，我只能靠自己猜想。今天在巴黎或郊区的某个地方，肯定有一个七十岁左右的老妇人记得当年她的同班或同寝室同学——那个叫多拉的女孩，十五岁，一米五五，鹅蛋脸，灰栗色眼睛，灰色运动外套，酒红色套头衫，藏青色半身裙和帽子，栗色运动鞋。

在写这本书的时候，我曾经呼吁过几次，它们就像灯塔的信号，可惜，我怀疑它们不能照亮黑夜。但我还是心存希望。

当时马利亚圣心寄宿学校的校长是马利亚-让-巴蒂斯特嬷嬷。她出生于一九〇三年，她的履历表里写的。初修期满后，她就被派到巴黎的马利亚圣心寄宿学校，她在这里待了十七年，从一九二九年到一九四六年。当多拉·布吕代在那里寄宿的时候，她顶多四十岁。

根据履历表上的资料，她"独立而大度"，"个性很强"。她于一九八五年去世，就在我得知多拉·布吕代存在的三年前。她一定记得多拉——哪怕只是因为她的逃学出走。不过，说到底，她又能告诉我些什么呢？一些细节，一些日常琐碎？就算她是大度包容的人，也不一定能猜到多拉·布吕代脑子里想的是什么，也不知道多拉在寄宿学校的日子是怎么过的，她每天是如何看待在礼拜堂的早晚课、院子里的假山、花园的高墙、寝室的一排排床铺的。

我找到一个一九四二年到这个寄宿学校读书的女人，就在多拉·布吕代逃学出走几个月后来的。她比多拉年纪小，当时差不多十岁。她对马利亚圣心寄宿学校的记忆只是儿时的记忆。她和母亲相依为命，那是一个原籍波兰的犹太女人，住在夏尔特街，古特多尔区，跟塞西尔、埃尔内斯特·布吕代和多拉当时住的波龙索路只有几步之遥。为了不饿死，她母亲在一个为德意志国防军供应连指手套的车间干活，八个人一组。女儿去圣弗朗索瓦勒皮内路上学。一九四二年底，小学老师建议她母亲把她藏起来，因为大抓捕，或许也是这位老师告诉了她马利亚圣心寄宿学校的地址。

人们用"苏珊娜·阿尔贝尔"的名字给她在寄宿学校注了册，为了隐瞒她的出身。很快她就病倒了。她被送到医务室。那里有一个医生。过了一段时间，因为她不肯吃饭，医务室也不想留她。

或许因为那是在冬天，而且那段时间实行宵禁，她印象中的寄宿学校到处都是黑漆漆的：墙壁、教室、医务室——除了修女们白色的包头巾。在她看来，那里更像是一个孤儿院。铁的纪律。没有暖气。吃的只有大头菜。学生"六点"要做祷告，我忘了问她是早上六点还是晚上六点。

对多拉而言，一九四〇年在匹克普斯路寄宿学校的夏天过去了。她肯定每个周日都和还住在奥尔纳诺大街41号旅馆房间的父母团聚。我看着地铁线路图，试着推测她一路的行程。为了少换乘，最简单的办法就是在寄宿学校附近的纳雄站坐地铁。塞弗尔桥方向。在斯特拉斯堡圣德尼站换乘。克里尼昂古尔门方向。在辛普朗站下车，地铁站刚好就在电影院和旅馆对面。

二十年后，我也常常在辛普朗这一站上地铁。总是晚上十点的样子。到那个点儿地铁站里冷冷清清，两班列车的间隔时间也很长。

星期天下午，她一定也要原路返回。她父母送她回去吗？在纳雄站出来还要走一段，最近的路线是从法布尔德格朗汀路拐到匹克普斯路。

仿佛是回到监狱。白天变短了。当她穿过院子，经过死气沉沉的假山雕塑时天色已经暗了。她穿过走廊。礼拜堂,去做周日的晚祷。然后,排队,安静地回寝室。

秋天到了。在巴黎，十月二日的各大报纸都登了犹太人必须到警察局登记的命令。一家之主可以替全家人申报。为了避免排长队，警察局要求相关人员根据姓氏的首字母，在指定日前来登记，日期和姓名首字母的列表如下……

字母 B 安排在十月四日登记。这一天，埃尔内斯特·布吕代来克里尼昂古尔区警察局填表。但他并没有把女儿报上去。每个人都领到一个号码，很快这个号码就出现在他的户口簿上。这个号码被称为"犹太人档案号"。

埃尔内斯特和塞西尔·布吕代的犹太人档案号是49091。不过多拉没有。

或许埃尔内斯特·布吕代以为她可以不受到牵连，在马利亚圣心寄宿学校这个自由的地方，不要让她引起别人的注意。而且对十四岁的多拉而言，"犹太人"这个分类没有任何意义。说到底,他们对"犹太人"这个词到底是怎么看的?对他而言,他从来没有问过自己这样的问题。他已经习惯了行政部门把他分在不同的类别里,他接受分类,从不争辩。操作工。前奥地利人。法国外籍军团士兵。没有嫌疑。伤残100%。外籍从业人员。犹太人。他妻子也一样。前奥地利人。没有嫌疑。加工毛皮的女工。犹太人。只有多拉逃脱了这种归类,没有被编入49091号档案。

谁知道呢?她原本可以一直逃脱这样的命运,直到最后。只要她待在寄宿学校黑黢黢的高墙里,和其他学生混在一起;谨守白天和晚上的节奏,不引起别人的注意。寝室。礼拜堂。食堂。操场。教室。礼拜堂。寝室。

巧的是——不过真的是凑巧?——马利亚圣心寄宿学校距离她出生的地方仅几十米之遥,在街对面。桑泰尔路15号。罗斯柴尔德医院的妇产科。桑泰尔路是加尔德何伊路和寄宿学校围墙的延伸。

一个安静的街区,绿树成荫。二十五年前,一九七一年六月,我在那里逛了一天,街区没什么变化。夏天的阵雨时不时就下一阵,让我不得不躲在门廊下。那个午后,也不知道因为什么,我感觉自己是走在某个人曾经走过的路上。

从一九四二年夏开始，马利亚圣心寄宿学校周围的地区变得非常危险。对犹太人的大抓捕已经持续了两年，在罗斯柴尔德医院，在朗布拉尔迪路的同名孤儿院，在匹克普斯路76号的救济院，那个在多拉的出生证明上签字的加斯帕·梅耶就住在那里，在那里工作。罗斯柴尔德医院是个陷阱，德朗西集中营的病人被送到这里，之后监视桑泰尔路15号的德国人想什么时候把他们送回去就什么时候把他们送回去，一家名叫法拉里克的私人侦探社的探员们协助他们的工作。躲在罗斯柴尔德孤儿院的很多孩子，还有和多拉一样大的少年，都被捕了，孤儿院在朗布拉尔迪路，加尔德何伊路再过去右边的那条路。在加尔德何伊路，正对着48号乙寄宿学校的围墙，有九个跟多拉年纪相仿的男孩和女孩被捕，有几个比她年纪还小，还有他们的家人。是的，唯一一块没有遭殃的避难所就是马利亚圣心寄宿学校的花园和院落。但条件是不能从那里出去，要默默地躲在黑色围墙的阴影里，被人遗忘，和学校一起隐没在宵禁的黑暗里。

这一页页的书稿是我在一九九六年十一月写的。常常下雨。明天我们就进入十二月了，自从多拉逃学出走也已经过去五十五年了。天黑得很早，不过这样更好：雨天的阴沉单调都看不见了，不用去想是不是真的是白天，是不是正在经历一个过渡期，某种冗长沉闷的日食，一直持续到傍晚。而天一黑，街灯、橱窗、咖啡馆就都亮了，夜晚的气氛更活跃，事物的轮廓更清晰，十字路口堵车，街上的路人行色匆匆。在各种光线和城市骚动中，我很难相信自己和当年的多拉·布吕代所生活的是同一个城市，还有她父母，当年比我现在的年龄小二十岁的我的父亲。我感觉自己是唯一一个把当初的巴黎和今天的巴黎联系在一起，唯一一个记得所有这些细节的人。有时候，两者之间的联系变得微乎其微，几乎要断了，另一些夜晚，昨天的城市在我看来就像是藏在今天的城市后面那个转瞬即逝的影子。

　　我重读了《悲惨世界》的第五卷和第六卷。维克多·雨果在这两卷里描写了珂赛特和冉·阿让被沙威追捕，在黑黢黢的夜里从圣雅克区的栅栏门一路跑到小匹克普斯。可以在地图上看到他们走过的一段路线。他们离塞纳河越来越近。珂赛特开始感到累了。冉·阿让抱着她走。他们沿着植物园的围墙，穿过几条低矮的街道，到了塞纳河边。他们穿过奥斯特里兹桥。冉·阿让刚踏上右岸，他就感觉到幽灵般的影子已经上了桥。摆脱他们唯一方法——他想——就是走圣安托瓦绿道小巷。

突然，我们感到一阵眩晕，好像珂赛特和冉·阿让，为了摆脱沙威和警察的追捕，跳到了一个真空地带：在那之前，他们穿过的都是现实中的巴黎真实的街道，但突然，他们走进了巴黎一个由维克多·雨果虚构的叫小匹克普斯的街区。这种奇怪的感觉就跟你在梦中走在一个陌生的街区是一样的。醒来的时候，你才慢慢意识到，那个街区的街道其实是根据你白天所熟悉的街道描画出来的。

让我感到困惑的是：关于他们的逃跑，珂赛特和冉·阿让穿过雨果虚构了地形和一条条街道名称的街区，恰好躲到一堵墙的后面，逃脱了一帮警察的追捕。他们走进了一个"很大的花园，样子有些奇怪：萧条，仿佛专门是让人在冬天和夜里欣赏的花园"。这是一个修道院的花园，他们就藏身在这里，维克多·雨果为它设计的地址正好就在小匹克普斯路 62 号。和多拉·布吕代曾经待过的马利亚圣心寄宿学校在同一个地方。

"在故事发生的时候，"雨果写道，"修道院附属的还有一个寄宿学校［……］这些少女［……］穿着蓝色的校服，戴着白色的帽子［……］在小匹克普斯围墙圈起来的区域里有三幢标志性的建筑，大修道院里住着修女，寄宿学校里住着女学生，还有那个被叫作'小修道院'的楼房。"

在仔细描写过这些地方之后，他又写道："我们经过这个奇特、陌生、阴暗的建筑时，不能不走进去看看，不能不让那些曾经陪伴过我们，或许出于某些目的听我们讲过冉·阿让悲惨故事的幽灵进去看看。"

和很多前人一样，我相信宿命，有时候也相信小说家有通灵的天赋——"天赋"一词并不确切，因为它暗示了一种天才。不，这是作家这个职业磨炼出来的：需要丰富的想象力，在一些细节上倾注心血——几乎到了欲罢不能的地步——不能迷失线索，不能放任自己懒散——这种紧张，这种脑力训练久而久之或许会对"过去或将来发生的事件"有一种灵光一闪的直觉，就像拉鲁斯词典里"通灵人"的词条里所写的一样。

一九八八年十二月，在读到一九四一年十二月《巴黎晚报》上刊登的多拉·布吕代的寻人启事后，我接连几个月都没办法不去想这件事。几个精确的细节在我的脑海里萦绕不去：奥尔纳诺大街41号，一米五五，鹅蛋脸，灰栗色眼睛，灰色运动服，酒红色套头衫，藏青色半身裙和帽子，栗色运动鞋。还有围绕在这一切周围的黑夜、陌生人、遗忘和虚无。我感觉自己永远都无法找到多拉·布吕代的一丝踪迹。而这种缺失感促使我写了一本小说《蜜月旅行》，好像是另一个让我把注意力集中在多拉·布吕代身上的方式，或许，我对自己说，为了弄清楚或揣测和她有关的一些事情，某个她曾经待过的地方，她生活的某个细节。我对她的父母一无所知，对她出走的前因后果也一无所知。我唯一知道的，就是：我在一九四二年九月十八日被送往奥斯维辛的人员名单上读到了她的名字，布吕代·多拉——没有别的说明，没有出生日期和出生地点——在她的名字上面是她父亲的名字，布吕代·埃尔内斯特，一八九九年五月二十一日，维也纳，无国籍。

在写这本小说的时候，我想起六十年代我认识的几个女人：安娜·B、贝拉·D——和多拉年纪相仿，她们当中有一个跟她的出生日期只相隔一个月——她们在占领时期的遭遇也和她一样，可能有过同样的命运，或许跟她有过类似的境遇。今天我才明白，我必须写上两百页才能在不经意间捕捉到一点真实的影子。

就在那几行字里："列车停在纳雄站。里格和英格丽已经错过了巴士底站，他们原本应该在那里换乘去金门的列车。走出地铁站，他们踏上一片雪原（……）。雪橇穿过几条小巷，来到苏尔特大街。"

那些小巷跟匹克普斯路和马利亚圣心寄宿学校离得

很近，多拉·布吕代就是从那里出走的，十二月的某个晚上，或许那天巴黎也下着雪。

这是书上唯一一个地方，我在无意识中，在时间和空间上靠近了她。

因此在寄宿学校的名册上写着多拉·布吕代的名字，在"离校日期和动机"一栏："一九四一年十二月十四日。逃学出走未归。"

那是一个星期天。我猜想她是利用开放日去看望奥尔纳诺大街的父母。晚上，她没有回寄宿学校。

那一年的最后一个月是占领期以来巴黎最黑暗、最令人窒息的时期。德国人颁布了法令，从十二月八日到十四日，全城从晚上六点就开始实行宵禁，作为对两次恐怖袭击的镇压措施。然后是十二月十二日，法国七百名犹太人遭到大抓捕；十二月十五日，犹太人被要求缴纳十亿法郎的罚款。同一天早上，七十名人质在瓦莱里安山被枪杀。十二月十日，警察局颁布了一条命令，让塞纳河地区的法国和国外的犹太人要接受"暂时管制"，在身份证上盖上"犹太男人"或"犹太女人"的章。他们更换住所后必须在二十四小时内去警察局报备；而且从此以后禁止他们在塞纳河地区以外的地方出入。

从十二月一日开始，德国人就已经在十八区实行了宵禁。晚上六点以后就没有人可以进这个区。街区的地铁站全都关闭，其中就有辛普朗站，也就是埃尔内斯特和塞西尔·布吕代住处附近的地铁站。在他们旅馆附近的尚皮奥内路，发生了一起炸弹爆炸的恐怖袭击事件。

十八区的宵禁持续了三天。宵禁刚解除，德国人就命令整个十区实行宵禁，因为有几个陌生人在梅让达大街朝占领区的一个长官开了几枪。之后是全城宵禁，从十二月八日到十二月十四日——多拉出走的那个周日。

在马利亚圣心寄宿学校周围，城市已经成了一座阴森的监狱，街区的灯光一个接一个熄灭。就在多拉还在匹克普斯路60和62号的高墙里面时，她父母挤在酒店狭小的房间里。

一九四〇年十月，她父亲没有申报她是"犹太人"，因此她没有"档案号"。不过十二月十日警察局张贴了对犹太人加强控制的命令，明确规定"家庭情况的变动必须要上报"。我怀疑她父亲在她出走之前没有时间也没有意愿去帮她登记造册。他或许认为警察局从来就没有想到她会在马利亚圣心寄宿学校。

是什么原因让我们下决心出走？我记得一九六〇年一月十八日我的一次出走，那个年代并不像一九四一年十二月那么阴暗绝望。在我出逃的路上，沿着维拉古布雷飞机场的库房，和多拉出走唯一的共同点是季节：都在冬天。寂静的冬天，一成不变的冬天，和十八年前的冬天是两回事。但突然让人想离家出走的，是阴冷灰暗的冬日让人更加感到孤独，越发让你感受到一把铁钳把你夹得更紧。

十二月十四日星期天，是几乎实行了一周宵禁以来第一次没有课。从此以后可以在晚上六点后在街上走动。但因为德国人规定了时间，夜晚从下午就开始降临了。

那天，救济会的修女们是在什么时候发现多拉不见了？肯定是在晚上。或许是在晚祷之后寄宿生回寝室的时候。我猜想院长很快就试图和多拉的父母联系，问他们她是不是留在他们身边。她知道多拉和她父母是犹太人吗？在她的生平简介中有这样的文字："多亏了马利亚-让-巴蒂斯特修女的仁慈和英勇的举动，很多受到迫害的犹太家庭的孩子在马利亚圣心寄宿学校找到了庇护。在其他修女同样谨慎而勇敢的态度的支持下，她在任何危险面前都不退缩。"

但多拉的情况很特殊。她是一九四〇年五月进马利亚圣心寄宿学校的，那时候对犹太人的迫害还没有开始，对她而言，"犹太人"这个词并没有什么特别的意思。一九四〇年十月，她也没有被登记造册。只是在一九四二年七月对犹太人开始大围捕之后，宗教学校才开始把犹太孩子藏起来。她当时已经在马利亚圣心寄宿学校待了一年半时间。或许她是寄宿学校修女和同学当中唯一一个有犹太血统的。

在奥尔纳诺大街41号旅馆的一楼，玛尔夏咖啡馆，有一部电话：蒙马特尔44—74，但我不知道这家咖啡馆和大楼是不是一家的，玛尔夏会不会也是旅馆的老板。马利亚圣心寄宿学校并不在当时的电话簿上。我找到救济会天主学校修女们的另一个住址，应该是寄宿学校一九四二年的一个附属建筑：圣摩尔路64号。多拉常常去那里？那个地方也一样，也没有电话号码。

谁知道呢？院长或许等到周一早上才打电话到玛尔夏咖啡馆，或者派了一个修女去奥尔纳诺大街41号。要不然就是塞西尔和埃尔内斯特·布吕代亲自到寄宿学校说女儿不见了。

要弄明白的是，十二月十四日，多拉出走的那天，天气好不好。或许那个周末，冬天的太阳晒得暖洋洋的，让人有一种放假和天长地久的心情——有一种时间停止了的错觉,仿佛只要让自己从这个时间的缺口里溜掉,就可以逃过那向自己合上的铁钳。

很长一段时间，我对十二月十四日出走之后的多拉·布吕代和刊登在《法兰西晚报》上的寻人启事一无所知。后来，我知道八个月后，一九四二年八月十三日，她曾经被关在德朗西的集中营里。档案里说她是从图雷尔兵营转过来的。一九四二年八月十三日，的确，有三百名犹太人从图雷尔兵营被押送到德朗西集中营。

监狱，集中营，或者更确切地说是图雷尔拘留所位于一个老兵营里，以前是殖民地步兵的军营，图雷尔军营，莫尔提埃大街141号，里拉门。一九四〇年十月开始开放，用来关押"没有证件"的外国犹太人。但从一九四一年开始，当犹太男子直接被送往德朗西或鲁瓦雷集中营后，只有违反了德国法令的犹太女人才被关押在图雷尔兵营，和共产党人还有其他普通罪犯一样。

是什么时候，又是什么具体原因，多拉·布吕代被送到图雷尔？我在想是不是有一份文件，一点蛛丝马迹可以让我找到答案。我对此作了很多假设。她可能是在街上被捕的。一九四二年二月——她出走两个月后——德国人颁布了法令，禁止巴黎的犹太人在晚上八点后出门，也禁止他们更换住址。和之前的几个月相比，街道受到了更加严密的监视。我最终说服自己，认为就是在寒风凛冽的二月，负责犹太人问题的警察局在地铁通道、电影院和剧院的出口布下了陷阱，多拉被抓个正着。在我看来，一个十六岁的女孩，警察知道她在十二月就失踪了，也知道她的特征，竟然在这么长一段时间内都没有被找到，这实在是一件令人惊讶的事情。除非她找到一个藏身之所。但是，在一九四一年至一九四二年冬天的巴黎，占领时期最黑暗最严寒的冬天，从十一月开始就下了几场雪，一月温度降到零下十五度，到处结冰，是不是二月又大雪纷飞？她出走后是怎么过的？她在冰天雪地的巴黎是怎么活下来的？

我想就是在二月，"他们"把她装进了罗网。"他们"：也可能只是一帮普通的保安、负责少年犯或管犹太问题的警察在公共场所的一次例行的身份检查……我曾经在一本回忆录里读到说十八九岁的年轻姑娘因为稍微触犯了"德国人的法令"就被送去图雷尔兵营，有几个甚至只有十六岁,和多拉一样的年纪……那年二月,德国人严格执行宵禁的法令,我父亲在香榭丽舍大街的一次大围捕中被捕。分管犹太问题的警察把马里尼昂路一家餐馆的出入口堵住了,我父亲当时正和一个女友在那里晚餐。警察要所有顾客出示身份证件。我父亲没有随身带证件。他们把他抓了。他和一群被抓的人一起被带上车,从香榭丽舍大街开到格雷弗尔路分管犹太事务的警署,他在昏暗的车厢里,看到一个十八岁左右的姑娘。当他们到了警署大楼,被带上楼到一个叫施威伯林的警长办公室时,她从他的视线里消失了。后来他趁下楼时定时楼梯灯熄灭的一刹那逃走了,当时他们正要把他带去拘留所。

我父亲在一九六三年六月的一个晚上,他有生以来第一次也是最后一次跟我讲起他的不幸遭遇时,几乎没怎么提到这个年轻姑娘,那天我们一起在香榭丽舍大街的一家餐馆里,几乎正对着二十年前他被捕的地方。他没有告诉我任何关于年轻姑娘长相、穿着的细节。我几乎把这件事情忘记了,直到有一天,当我得知有多拉·布吕代这个人存在。从那以后,和我父亲还有其他陌生人一起被捕的年轻姑娘,那个二月的夜晚,一下子浮现在我的脑海里,很快我就开始琢磨,她不会就是多拉·布吕代吧,她也是那时候被捕的,然后被送去图雷尔。

或许是我希望她和我父亲，在一九四二年冬天有过一面之缘吧。他俩截然不同，但在那个冬天，他们被归在一起，都属于那些被命运抛弃的人。和多拉·布吕代一样，我父亲在一九四○年十月也没有在警察局登记，他也没有"犹太人档案"的编号。因此他的存在也是不合法的，他和那个需要每个人都有一份职业、一个家庭、一个国籍、一个出生日期和家庭住址的世界切断了所有的联系。从此以后，他就是生活在别处的人。处境跟出走后的多拉有点像。

但我对他们迥异的命运进行了思考。对一个从寄宿学校出走的十六岁的女孩而言，在一九四一年的冬天，孤零零的她不会得到很多帮助。在当时的警察和当局的眼中，她的情况是双重的不合法：既是犹太人，又是出逃的未成年人。

对我父亲而言，他比多拉·布吕代年长十四岁，他的出路很明显：既然人们已经把他当成一个不法之徒了，他就干脆破罐子破摔，在巴黎投机倒把，混迹于黑市之中。

因车中的这个年轻女子，很久以前我就已经知道，她不可能是多拉·布吕代。我试图找到她的名字，查了关押在图雷尔兵营的女囚名单。她们当中,有一个二十岁,一个二十一岁,波兰犹太人,一九四二年二月十八日和十九日到达图雷尔兵营。她们的名字是西玛·贝尔热和弗雷德尔·特莱斯特。日期正好对得上,但是否就是其中的一位?在拘留所走了程序后,男人们被送去德朗西集中营,女人们被送去图雷尔兵营。也许那个陌生的女子和我父亲一样,也逃脱了为他们准备的共同命运。我猜想她的身份永远都不会有人猜破,她,还有那个夜里其他被抓捕的人。负责犹太问题的警察毁掉了他们的档案,大围捕期间和在街上被单独逮捕的人的所有问话记录都被毁掉了。如果我不把它写出来,一九四二年二月发生在香榭丽舍大街大围捕中这个陌生女人还有我父亲的踪迹将消失殆尽。他们不过是一些被归入"身份不明者"那类档案的人——那些死了或还活着的人。

二十年后,我母亲在米歇尔剧院演一出戏。我常常在马图林路和格雷弗勒路拐角的咖啡馆等她。我当时还不知道我父亲曾经在这里冒过生死攸关的危险,我又回到了一个曾经像黑洞一样阴森的地方。我们去格雷弗尔路的一家餐厅晚餐——或许就在当年犹太事务警署的楼下,当初我父亲曾经被拖进施威伯林警长办公室。雅克·施威伯林。

一九〇一年出生在米卢斯。在德朗西和皮蒂维耶集中营里，他手下的人都要在出发前把所有送往奥斯维辛的犯人搜查一遍：

施威伯林先生，犹太问题警局局长，在五六个被他称为"辅警"的副手的陪同下到了集中营，只亮了亮他本人的身份。这些便衣警察都扣了一个腰带，一边是手枪，一边是警棍。

把他的副手们安顿好后，施威伯林先生就离开集中营，直到晚上才再次出现，把大围捕收刮来的成果带走。副手一人一间木板屋，屋里有一张桌子，桌子的两头各摆了一个容器，一边收现金，一边收珠宝首饰。被关押的人要在那群仔细搜他们身并侮辱他们的人面前排队接受检阅。他们常常挨打，还不得不脱掉裤子被人边踢屁股边教训："哼！你是不是还想挨揍？"里面和外面的口袋常常被猛地扯破了，说是要加快搜查的进度。我就不说搜女人私密部位的情形了。

搜查结束，现金和珠宝首饰都被倒进几个行李箱里，用一根绳子捆好，打上铅印，然后放在施威伯林先生的汽车上。

打铅印的程序一点都不严谨,因为打铅印的钳子还是要假警察之手。他们可以顺手拿走钞票和珠宝。而且这些警察也不避讳,会从口袋里掏出几个值钱的戒指,说:"瞧瞧,这可不是假货!"或掏出一沓一千和五百法郎面额的大钞,说:"瞧瞧,我忘了这个。"同样在巡视棚屋的卧榻的时候也会搜查;床垫、鸭绒压脚被、长枕头全被挑开检查。经过犹太事务警署所有严格的检查,任何痕迹都荡然无存。①

负责搜查的那伙人总共有七个男人——每次都是这七个人。还有一个女人。人们不知道他们的名字。当时他们都很年轻,他们当中有几个现在还活着。但人们已经认不出他们的脸了。

施威伯林于一九四三年就失踪了。或许是德国人把他给清理了。不过就在我父亲告诉我他曾经去过这个男人的办公室的时候,他还告诉我说,战后的某个星期天,他觉得在马约门又见过这个男人。

---

① 引自皮蒂维耶税务局一个负责人于一九四三年十一月写的一份行政报告。

囚车直到六十年代初都没有太大的改变。我有生以来第一次坐囚车是跟我父亲一起，要不是这次风波对我而言有一种象征意义，我不会在这里说。

　　当时的情况很平常。我十八岁，还是未成年人。我父母离异，但还住在同一栋楼里，我父亲和一个麦秸色头发的女人住在一起，她很神经质，长得就像如假包换的麦琳娜·德蒙吉奥。我跟我母亲住。那天我住在同一楼层的父母吵了起来，就为了那一点点在几次法律程序之后法院判我父亲必须付给我的抚养费。塞纳大法庭。上诉法庭第一附加庭。判决送达当事人。我母亲要我去按我父亲家的门铃，让我跟他要那笔他应该付给我的抚养费。很不幸的是除此以外我们没有别的活路。我心不甘情不愿地去了。我按了他家的门铃，本想跟他好好说，甚至想跟他说很抱歉打扰他。他当着我的面，把门啪的关上了；我听到那个假麦琳娜·德蒙吉奥大喊大叫，又叫警察又叫救命，说有个"小混混到她家捣乱"。

几十分钟后，警察到我母亲家找我，我和父亲一起上了候在楼房前的囚车。我们面对面坐在木头长条凳上，各由两名看守看着。我在想这是不是我有生以来第一次有这样的经历，我父亲二十年前就经历过了，一九四二年二月的那个夜里，他被犹太问题警署的便衣警察押上了囚车，跟我们现在坐的这辆也差不多。我在想他当时是否也在想这件事。不过他假装不看我，避开了我的目光。

我完完全全记得当时的路线。塞纳河边的码头。然后是圣父街。圣日耳曼大街。红灯停，在双叟咖啡馆露天座附近。透过有铁栏杆围着的窗玻璃，我看到顾客坐在露天咖啡座上晒着太阳，我很羡慕他们。不过我冒的风险也不算什么：幸运的是，我们处在一个平庸而宁静的时代，也就是之后所谓的"光辉三十年"的时代。

不过，我很惊讶我父亲曾经在占领时期经历了那么多事情，看到我被囚车带走并没有流露出一丝的抗拒。他就在那里，面无表情地坐在我对面，神情中带着一丝厌恶，他对我不闻不问，好像我是鼠疫患者，我很害怕到警察局的那一刻，根本不指望他对我有一丝的同情。让我觉得更加不公正的是，我当时刚开始写一本书——我的第一本书——在书中我体会到他在占领期间所感受到的不自在。几年前，我在他的书橱里翻几本四十年代出版的排犹作家的作品，他当时买了或许是试图理解这些人到底为什么排犹。我猜想他是被对这个假想、虚幻的魔鬼的描写吓了一跳，它令人恐惧的影子在墙上游走，鹰钩鼻，猛禽一样的爪子，被各种邪恶腐蚀的造物，一切罪恶的源头。我呢，我想在我的第一本书里回敬所有那些因为我父亲的缘故侮辱我、伤害我的人。用语言把他们永远地钉在书本里。今天我感觉自己的计划很幼稚：那些人大多数都已经失踪、被枪杀、被流放、老糊涂或老死了。是的，真可惜，我来迟了。

囚车停在修道院路，圣日耳曼德普雷区警察局门口。看守把我们带到警长办公室。我父亲用干巴巴的声音向他解释说我是个"混蛋"，从十七岁开始就时不时地"跑到他家里闹事"。警长对我说，如果下次再犯，他就把我留在这里——他说话的口气像在教训一个少年犯。我想如果警长真的像他所威胁的那样做了，把我送去拘留所，我父亲也不会举手反对的。

我们走出警察局，父亲和我。我问他是不是真的有必要把警察招来，在警察面前"控告"我。他没有回答。我不怪他。因为我们住在同一栋楼里，我们一起默默地往回走，肩并肩。我差点就想提一九四二年二月的那一晚，当时他也被带上一辆囚车，我还想问他刚才是不是也想到了这个往事。不过跟我比起来，也许这件事对他而言没有那么重要吧。

　　一路上我们没有跟对方说过一句话，哪怕上楼到各自离开都没有。接下来的那一年我应该又见过他两三次，有一年八月，他抢走了我的军人证，想强迫我加入何伊的兵营。那以后，我就再也没有见过他。

我在想，一九四一年十二月十四日，多拉·布吕代刚出走的时候究竟能做些什么。或许她是在走到寄宿学校门口的时候下定决心不回去了，还是她在街区里游荡了一晚上，直到宵禁时分。

这个街区的街道名称还保留着乡土的气息：磨坊路，狼口路，野樱桃树小径。但围着马利亚圣心寄宿学校的那条绿树成荫的小路尽头，是货运火车站，再远一点，如果沿着多梅斯尼尔街下去，就是里昂火车站。火车站的铁路线离多拉·布吕代曾经幽闭其间的寄宿学校仅几百米之遥。这个街区安静，修道院、不起眼的墓地和寂静的街巷，似乎不属于巴黎，它也是一个充满离愁别绪的街区。

我不知道是否因为里昂火车站离那里很近让多拉起了出走的念头。我不知道，在宵禁寂静的夜里，她在宿舍是否会去听从里昂火车站出发驶向自由区的货车发出的轰隆隆声……或许她听过这个让人想入非非的词：自由区。

在我写的那部小说中，我对多拉·布吕代一无所知，不过她似乎已经在我的脑海里，书中名叫英格丽的年轻女子跟她年纪相仿，和一个朋友一起逃到了自由区。这让我想起贝拉·D，十五岁的时候，她也从巴黎出发，偷偷穿过了沦陷分界线，最后在图卢兹被捕入狱；想起安娜·B，她十八岁那年因为没有通行证在索恩河畔沙隆火车站被捕，被判入狱十二周……这些都是她们在六十年代告诉我的。

这次出走，多拉·布吕代是不是早有准备，是否有一个男友或女友帮忙？她是一直待在巴黎，还是也试过去自由区？

在克里尼昂古尔区警察局一九四一年十二月二十七日的备案笔录上，有这么几栏：日期—身份—事件摘要：

一九四一年十二月二十七日。多拉·布吕代一九〇六年二月二十五日出生在巴黎十二区，奥尔纳诺大街41号。听证会当事人：埃尔内斯特·布吕代，42岁，父亲。

在空白的地方还有一串数字：7029 21/12，我不知道它们所指为何。

克里尼昂古尔区警察局位于朗贝尔路12号，就在蒙马特尔高地后面，警长名叫西里。不过埃尔内斯特·布吕代也可能去了市政厅左边的警局，蒙塞尼路74号，也归克里尼昂古尔警察局管：这个警局离他家更近。那里的警长叫高尔内克。

多拉已经离家出走十三天了，埃尔内斯特·布吕代一直等了这么多天才去警察局报女儿失踪。可以想见这漫长的十三天里，他的不安和犹豫。一九四〇年十月犹太人人口普查时，他没有申报多拉，也是在同一个警察局，警察很可能会发现这一点。一心想把女儿找回来，结果他让她引起了警察的注意。

埃尔内斯特·布吕代听证会的笔录在警察局的档案里没有。或许在警察局，这类资料过了一段时间就被毁掉了。战后几年，警察局的另外一些档案也被毁掉了，比如一九四二年六月特别造册的户籍簿，一周时间，所有被归为"犹太人"那一类的人，只要满六岁，每人就会收到三颗黄星。这些户籍簿上盖着"犹太人"的印章，有身份证号、家庭住址，还有一栏是供他们领完黄星后签名用的。在巴黎和郊区的警察局，总共有设了五十几个登记点。

我们永远不会知道埃尔内斯特·布吕代是怎么回答警察提出的关于他女儿和他自己的问题的。或许碰上警察局里一个混日子的职员，他觉得这无非只是一桩稀松平常的案子，和战前一样，他对待埃尔内斯特·布吕代、他女儿的态度和对待普通法国人没有什么两样。当然，这个人是

"前奥地利人"，住在旅馆里，没有正当职业。但他女儿出生在巴黎，她有法国国籍。一名少女离家出走。在这个动荡的时期，这种事情越来越常发生。这个警察有没有建议埃尔内斯特·布吕代在《法兰西晚报》上登一则寻人启事，既然多拉已经失踪两星期了？还是报社的一个职员，负责跑"社会杂闻"和警察局的消息，在当天发生的种种意外中正好看到这起失踪报告，于是写到了"从昨天到今天"的栏目里。

我对自己一九六〇年一月的离家出走印象非常深刻——难得有这么刻骨铭心的往事。那是一种一下子切断一切联系的轻飘飘的醉意：把别人强加给你的纪律一下子都抛到九霄云外，寄宿学校、老师、同学。从此以后，你和这些人都毫不相干；跟不爱你、根本指望不上给你任何帮助的父母也一刀两断；一种强烈的反抗和孤独的感觉，让你忘了呼吸，处于失重状态。或许这是我一生中少有的几次感觉自己真正在做自己，在走自己的路。

这种陶醉的感受并不能持续很久。它毫无未来可言。你很快就会栽跟头。

离家出走——据说——是一种呼救，有时候是一种自戕的方式。不管怎么说，在很短的时间里，你会体验到一种永恒的感觉。你不仅和世界切断了联系,而且跟时间也割裂了。在上午快结束的时候,天空蓝得轻盈,你也一样,感受不到任何一点压力。杜伊勒里花园钟上的指针永远静止了。一只蚂蚁在没完没了地穿过太阳黑子。

我想到多拉·布吕代。我对自己说,她的离家出走并不像二十年后我的离家出走那么简单,我不过是回归到一个庸常的世界。一九四一年十二月的这座城市,它的宵禁,它的士兵,它的警察,所有一切对她而言都是敌对的,都想要她毁灭。十六岁,整个世界都在跟她作对,虽然她不明白到底是因为什么。

那个年代的巴黎,还有其他形式的反抗,和多拉·布吕代一样孤独无援,朝德国人、朝他们的车队、聚会的地方扔手榴弹。他们跟她年纪相仿。他们当中一些人的头像印在红色海报上,在我的脑海中,我不能阻止自己不把他们和多拉联系在一起。

一九四一年夏,占领初期开拍的一部电影在诺曼底上映,然后在街区的大小影院放映。是一部有趣的喜剧:《第一次约会》。我上一次看这部影片时,它给我一种奇特的感觉,跟它轻松的情节和演员欢快的语调无关。我心想，多拉·布吕代或许在某个星期天看过这部影片，讲述的是一个和她年纪相仿的女孩离家出走的故事。她也从一个类似马利亚圣心寄宿学校的地方逃走了。在她出逃的路上，就像在童话和浪漫故事中一样，她遇见了迷人的王子。

这部影片是现实生活中发生在多拉身上的故事的梦幻版。是这部电影让她产生了离家出走的念头？我把注意力放在细节上：寄宿学校的宿舍、走廊，寄宿生的校服，暮色降临时女主人公等人的咖啡馆……我找不到任何现实的影子，而且大多数的场景都是在摄影棚里拍摄的。但是，这部片还是让我看了不舒服。或许是因为影片的光线太明亮了，甚至是胶片颗粒本身的原因。好像所有画面都蒙了一层纱，仿佛笼罩着一片白色的极光，有时加强了对比，有时又把它们虚化了。光线既让人感觉太亮，又让人感觉太暗，声音也闷闷的，音色变得更加低沉、更加焦虑。

我突然明白，那是因为这部影片在占领时期被很多观众观看过——这些形形色色的观众当中很多人没能从这场战争中幸存下来。看完这部影片后，他们被抛入陌生的命运，那个星期六的晚上对他们而言就像是一个短暂的休憩。在看电影的时候，人们忘记了战争和外面的种种威胁。在电影院黑暗的大厅里，大家紧紧地挨坐在一起，看着银幕上连绵不绝的画面,感觉什么都不会发生。所有这些目光,通过一种化学反应,改变了胶片、光线、演员声音的质地。这就是我在《第一次约会》表面看来很肤浅的画面前面,想到多拉·布吕代时的感受。

埃尔内斯特·布吕代于一九四二年三月十九日被捕，或者更确切地说，在这一天被关进了德朗西集中营。关于这次逮捕的细节，我找不到任何线索。在警察局被归为"家庭"的档案中，收集了每个犹太人的一点信息，档案的记载如下：

埃尔内斯特·布吕代
99/5/21——维也纳
犹太人档案号：49091
职业：无
战争伤残100%，法国外籍军团二等兵，中了毒气；肺结核。
中央记录号：E56404

档案卡下面盖了一个印章，上面的字是：被通缉，后面跟了一条铅笔写的注释："现在德朗西集中营"。

埃尔内斯特·布吕代，作为"前奥地利人"的犹太人，本该在一九四一年八月的大围捕中就被抓获，当时十九区的法国警察在德国士兵的陪同下，于八月二十日封锁了全区，在接下来的几天传唤了其他区各街道的外籍犹太人，其中就有十八区。他是怎么逃过这次大围捕的？因为法国外籍军团二等老兵的头衔？我不肯定。

他的档案上说他"被通缉"。那是从什么时候开始？因为哪些具体原因？是不是从一九四一年十二月二十七日起他就已经"被通缉"，就在他去克里尼昂古尔区警察局报案说多拉失踪的那一天，警察是不是就没有放他走？他就是在这一天引火上身的？

一个父亲想找失踪的女儿，到警察局报案，在一份晚报上登了寻人启事。但这个父亲本人也是当局在找的人。有些父母失去了孩子的消息，他们当中的一个在三月十九日也从这个世界上消失了，仿佛冬天让大家彼此离散，把他们的路线搞乱了，遮盖了，甚至让人怀疑他们是否真的存在于这个世上。没有任何获救的可能。正是这些负责找你的人给你建了档案，为了之后让你消失——彻底地消失。

我不知道多拉·布吕代是否很快就得知她父亲被捕的消息。不过我认为不会。自从她十二月出走以后，直到三月，她还没有回过奥尔纳诺大街41号。至少从警察局档案的零星资料里可以反映出来。

现在已经过去近六十年了，这些档案慢慢揭示它们所掩藏的秘密。占领区的警察局如今只剩下塞纳河边一个巨大的名存实亡的兵营。从怀旧的角度来看，它有点像厄舍古屋[①]。今天，我们沿着这栋大楼的四面走，很难相信它从四十年代以后就没有改变过。我们说服自己那不是当年的石头，不是当年的走廊。

参与抓捕犹太人的警长和探员都早就死了，只有他们的名字还有一种阴森的回音，发出皮革腐烂和烟草燃尽的

[①] 《厄舍古屋的倒塌》是爱伦·坡最著名的心理恐怖小说之一。

味道：贝尔米厄、弗朗索瓦、施威伯林、克尔佩里希、库古勒……那些被人们叫作"捕手"的看守，他们在大围捕期间在每个人的诉讼笔录上都签了名，他们如今都已经老朽或老死了。成千上万份诉讼笔录，全被毁了，我们永远不会知道这些"捕手"的名字。不过在档案里，还有当时写给警察局的成百上千封信，这些信都没有得到回复。它们在那里搁了半个世纪，好像邮航一次遥远的中途停靠时被遗忘在机库里的一包包邮件。今天我们可以读这些信。当年的收信人不知道它们的存在，现在是我们，那些在当年还没有出生的人成了收信人和守护人：

警察局长先生：

恳请您费神看一看我的请求。我侄子阿尔贝·格罗当，法国国籍，十六岁，被关在……

犹太事务处处长大人：

请您发发慈悲放了我关在德朗西集中营的女儿内里·特罗特曼……

警察局长先生：

请允许我向您求个情，让我知道我丈夫泽里

克·佩格里切的近况……

警察局长先生：

我求您发发善心，做做好事，让我知道我女儿雅克·勒维夫人的消息，她出嫁前的名字是维奥莱特·若埃尔，去年九月十日被捕，当时她试图穿越沦陷分界线，没有佩戴规定的黄星。跟她一起的还有她的儿子，让·勒维，八岁半……

呈警察局长：

求您行行好，放了我的孙子迈克尔·鲁宾，三岁，法国人，母亲也是法国人，和他母亲一起被关在德朗西……

警长先生：

如果您可以了解一下我的情况我将万分感激：我父母年纪大了，又有病，因为是犹太人，刚刚被捕，留下我和妹妹无依无靠，我妹妹马利亚·格罗斯曼，十五岁半，法国犹太人，法国身份证号：1594936，B类，我名叫让奈特·格罗斯曼，也是法国犹太人，十九岁，法国身份证号：924247，B类……

长官：

　　请原谅我向您求助，我的情况是这样的：一九四二年七月十六日，凌晨四点，有人来找我丈夫，因为我女儿当时在哭，他们把她也带走了。

　　我女儿名叫波莱特·戈特尔福，十四岁半，一九二七年十一月十九日出生在巴黎十二区，她是法国人……

克里尼昂古尔警察局一九四二年四月十七日的那份备案笔录中，熟悉的栏目（日期—身份—事件摘要）下有这样一条记录：

一九四二年四月十七日。2098 15/24。P. 未成年人。多拉·布吕代案，十六岁失踪少女，之后PV1917回到原住址。

我不知道2098和15/24这些数字代表什么。"P. 未成年人"，应该是"保护未成年人"的缩写。1917号诉讼笔录肯定是埃尔内斯特·布吕代的陈述，还有一九四一年十二月二十七日，针对多拉和他的一串提问。档案里没有其他有关1917号诉讼笔录的线索。

关于"多拉·布吕代案"就只有短短三行字。四月十七日那天的备案笔录，除此以外，记的都是其他"案子"：

果尔·乔吉特·波莱特，30.7.23，出生在庞坦，塞纳河边，父母是乔治和佩尔兹·罗丝，未婚，住在毕嘉乐路41号的旅馆里。妓女。

日耳曼娜·莫莱尔，9.10.21，出生在昂特勒德奥（孚日省）。住旅馆。一份报告 P.M.

J.-R. 克雷特，九区

就这样，在占领区警察局的笔录上登记的依次是有关妓女、走失的狗、被遗弃的孩子这类案子。还有就是像多拉一样的失踪少女，她们犯的是流浪罪。

从表面上看，从来都不涉及"犹太人"的问题。然而，他们都是先到警察局，然后被送去拘留所，之后是德朗西。从"回到原住址"这半句话里，我们可以猜到，克里尼昂古尔警察局似乎已经知道多拉的父亲在一个月前已经被捕了。

从一九四一年十二月十四日她出走那天开始到一九四二年四月十七日她回到原住所，也就是奥尔纳诺大街41号的旅馆房间，从笔录上看，这期间没有多拉的一丝踪迹。在四个月里，没人知道多拉·布吕代在哪里，她做了什么，她和谁在一起。也没人知道多拉是在怎样的情形下回到"原住址"的。是出于她自己的想法，还是在得知她父亲被捕之后？还是在街上感到害怕了，因为看到未成年人警察大队发布了一份找她的布告？在那天之前，我没有找到任何痕迹，也没有任何见证人可以告诉我她失踪的四个月到底发生了什么，对我们而言，那四个月成了她生命中的空白。

唯一能对多拉·布吕代在那个期间的行踪做一点推测的，就是看那段时间的天气变化。一九四一年十一月四日下了第一场雪。十二月二十二日，冬天在严寒中开始。十二月二十九日，气温再次下降，窗玻璃上蒙了一层薄薄的冰。从一月十三日起，寒冷变得像西伯利亚那么凛冽。水结冰了。持续了将近两星期。二月十二日，出了一点太阳，好像预告春天腼腆地来临。一层积雪在路人的践踏下变得黑乎乎的，人行道上一片泥泞。就在二月十二日晚，我父亲被负责犹太人问题的警察带走了。二月二十二日，雪又下了。二月二十五日，雪还在下，下得更大了。三月三日，晚上九点以后，第一次轰炸在郊区降临。在巴黎，窗玻璃都在晃。三月十三日，大白天拉响了警报。地铁乘客一动不动等了两小时。人们要他们下车进隧道。晚上十点，又一次警报。三月十五日，阳光灿烂。三月二十八日，晚上十点左右，远处的轰炸整整持续到午夜。四月二日，凌晨四点左右响了一次警报，猛烈的轰炸一直持续到六点。夜里十一点再次开始轰炸。四月四日，栗子树树枝发芽。四月五日，傍晚时分，一场春天的暴风雨，夹杂着冰雹，之后彩虹出来了。别忘了：明天下午，哥布林露天咖啡座见。

几个月前，我得到了一张多拉·布吕代的照片，和我已经收集到的其他照片截然不同。或许是她拍的最后一张照片。一扫过去所有照片上从眼神、圆鼓鼓的脸颊、颁奖那天穿的白色裙子……透露出来的稚气。我不知道这张照片是哪天拍的。肯定是在一九四一年，也就是多拉在马利亚圣心寄宿学校读书的那年，或者是一九四二年初春，当她在十二月离家出走后再次回到奥尔纳诺大街时拍的。

照片上还有她母亲和她外婆。三个女人肩并肩一字排开，外婆在塞西尔·布吕代和多拉中间。塞西尔·布吕代穿着一件黑色的裙子，短发，外婆穿着一条花裙子。两个女人都没有笑。多拉穿着一件黑色的裙子——或者是藏青色的——罩了一件白领的外套，也可能是穿了一件开衫和半身裙——照片拍得不够清晰，不太好辨认。她穿着短袜和系带的鞋子。头发不长不短，差不多齐肩，用一个发箍把头发都箍在后面，左臂自然下垂，左手手指弯着，右臂藏在外婆的身后。她昂着头，目光冷峻，但唇边有一丝若有若无的微笑。这让她脸上有了一抹温柔的悲伤和桀骜。三个女人站在一堵墙前面。地上铺了石板，好像是某个公共场所的走廊。会是谁拍了这张照片？埃尔内斯特·布吕代？他不在照片上，是不是说明他已经被捕了？不管怎么说，照片上三个女人似乎都穿着周日的礼服，面对这个我们一无所知的镜头。

多拉是不是就穿着那条寻人启事上说的藏青色半身裙呢？

就像所有家庭都有的那些照片一样。在拍照的那几秒钟，他们似乎得到了某种庇护，那几秒钟也就此定格成了永恒。

人们会想，为什么厄运落到他们而不是其他人的头上。就在我写这几行文字的时候，我突然想起了几个和我一样以写作为生的人。今天，我想起的是一个德国作家。他叫弗列多·朗普。

首先是他的名字引起我的注意，还有他的一本书的书名：《在夜的边缘》，二十五年前译成法文的，那个时期我在香榭丽舍大街的一家书店里看到一本。我对这个作家一无所知。但还没有翻开书，我就已经猜到了这本书营造的氛围和调子，好像我在前世已经读过似的。

弗列多·朗普。《在夜的边缘》。作者的名字和书名让我联想到漫漫长夜你无法把目光挪开的亮着灯①的窗户。你心想，在窗户后面，或许有被你遗忘的人年复一年在等待你的归来，或许窗户后面已经不再有人。在空荡荡的公寓里，只有一盏灯还亮着。

弗列多·朗普一八九九年出生在不来梅，和埃尔内斯特·布吕代是同一年。他经常去海德堡大学。他在汉堡做过图书管理员，并在那里开始创作他的第一部小说《在夜的边缘》。后来，他在柏林一家出版社当职员。他不热衷政治。他感兴趣的，就是描写暮色降临不来梅港，弧光灯带着丁香淡紫色的白光，水手，摔跤手，乐队，有轨电车的铃声，铁路桥，轮船的汽笛，还有所有在夜色中找寻自己灵魂的人……他的小说发表于一九三三年十月，当时希特勒已经上台。《在夜的边缘》从书店和图书馆的架子上被撤下来销毁了，书的作者成了"可疑分子"。他甚至都不是犹太人。他有什么可指摘的呢？只是因为书中弥漫出来的优雅和忧伤的气息。他在一封信中坦陈，他当时唯一

---

① 朗普（Lampe），在法语中是灯的意思。

的野心只是"让港口一带的夜,从晚上八点到午夜这段时间,变得缱绻;我想到我年轻时在不来梅待过的街区。一幕幕短暂的往昔像放电影一样在眼前浮现,裹挟了芸芸众生"。轻盈流畅的笔触,淡淡地晕染出如诗如画的意境。

二战快结束苏联军队向西挺进的时候,他住在柏林郊区。一九四五年五月二日,两名苏联士兵在街上要他出示证件,然后他们把他拖到一个花园里。他们没花时间分辨他是不是好人,就把他打死了。几个邻居把他埋葬在不远处的一棵桦树底下,并把他身上剩下的东西交给了警察局:他的证件和他的帽子。

另一个德国作家,菲利克斯·哈特劳伯,和弗列多·朗普一样,也是在不来梅港土生土长的。他出生于一九一三年。他在占领期间待在巴黎。这场战争和他那身灰绿色的军装让他深恶痛绝。我对他所知甚少。我只是在一本五十年代的杂志上读过他被译成法文的《小人物之见》片段。他在一九四五年一月把手稿交给了他妹妹。选文的题目叫"笔记和印象"。他在文中观察了巴黎火车站一家餐馆和里面的人,荒废的外交部,几百个落了灰尘、冷冷清清的办公室,当德国人在那里办公时,彻夜灯火通明,钟声在寂静中响个不停。夜里,他换上便装,为了忘却战争，让自己融入巴黎的街道。他为我们描绘了他夜游的一条线路。他在索勒弗里诺站上地铁。在特里尼德站下。夜黑黢黢的。那是夏天。空气是热的。他在宵禁的夜里沿着克里希路一路走去。在妓院的沙发上，他注意到一顶蒂罗尔式的帽子，不起眼，孤零零的。姑娘们在眼前一一晃过。"她们心不在焉，在绿幽幽的灯光下，像一群梦游的人。"他写道，"一切都浸染在一种奇怪的热带水族馆般的光线里，鱼缸的玻璃很热。"他也心不在焉。他远远地看着一切，好像这个兵荒马乱的世界与他无关，他只在意日常生活微乎其微的细节，感受它的氛围，对周围的一切都无动于衷、漠不关心。和弗列多·朗普一样，一九四五年春他死于柏林，三十二岁，在最后的几场战斗中，他被错误地放在一个充满杀戮的末世，心不甘情不愿地穿着不属于他的军装。

现在，为什么我的思绪，会在众多的作家中挑中诗人罗杰·吉贝尔-勒孔特？同一时期，厄运也降临在他身上，和前面提到的两个作家一样，似乎总有那么几个人要扮演避雷针的角色，为了让其他人可以幸免于难。

我曾经走过罗杰·吉贝尔-勒孔特路。那时候，我和他一样常常去城南的街区：布吕讷大街，阿雷西亚路，普利马维拉旅馆，绿道街……一九三八年，他还住在奥尔良门街区，和一个德国犹太人露丝·克罗嫩伯格一起。后来，在一九三九年，他还跟她在一起，住在稍远一点的普莱桑斯街区，巴尔迪内路16号乙的一个工作室里。我曾经多少次走过这些大街小巷，却不知在我之前罗杰·吉贝尔-勒孔特已经走过……在塞纳河右岸，蒙马特尔的格兰古尔路，一九六五年，我常常一下午都待在格兰古尔广场边的一家咖啡馆里，住就住在蒙马特尔42-99号那条死胡同尽头的一家旅馆房间里，全然不知罗杰·吉贝尔-勒孔特三十年前也在那里住过……

就在同一时期，我遇见过一个名叫让·比尤贝尔的医生。我当时以为自己肺部有阴影。我请他给我开一份证明好免服兵役。他约我在阿莱雷广场他上班的诊所见面，他给我拍了片：我肺部什么都没有，我希望退伍，尽管当时并没有战争。只是，一想到要过军营生活就让我感到难以忍受，那肯定就跟我从十一岁到十七岁在寄宿学校里一样度日如年。

我不知道让·比尤贝尔医生后来怎么样了。几十年后，我得知他是罗杰·吉贝尔-勒孔特的挚友之一，后者在我那个年纪，也曾请他做过一样的事情：为了可以退伍让医生开一个证明，说他得了胸膜炎。

罗杰·吉贝尔-勒孔特……在人生的最后几年,他滞留在占领区的巴黎……一九四二年七月,他的女友露丝·克罗嫩伯格在自由区被捕,当时她刚从科利乌尔镇的沙滩上回来。九月十一日,她被送上开往集中营的列车,一周之后就是多拉·布吕代。露丝·克罗嫩伯格,一个出生在科隆的年轻女子,因为种族歧视法,于一九三五年来到巴黎,那年她二十岁。她喜欢戏剧和诗歌。她学了缝纫,制作舞台服装。她很快就在蒙马特尔的一众艺术家中结识了罗杰·吉贝尔-勒孔特……

他一个人继续住在巴尔迪内路的工作室里。后来,一位在街对面开咖啡馆的费尔马夫人收留了他,照顾他的起居。他已经变得跟幽灵一样。一九四二年秋,他开始在城郊游荡,一直走到布瓦科隆布的山楂路,为了从某个名叫布雷阿瓦纳的医生手中搞到能让他弄到一点海洛因的处方。他在频繁往返的路上被人盯上了。一九四二年十月二十一日,他被逮捕并被送进戒毒所。他在那里一直待到十一月十九日。一个月后,他被释放,但因"一九四二年在巴黎、克隆布、布瓦科隆布、阿斯尼埃尔等地没有正当理由非法购买并持有镇静剂、海洛因、吗啡、可卡因……"被判假释等候法庭传唤。

一九四三年初,他在艾皮奈诊所待了一段时间,之后费尔马夫人安排他住在咖啡馆楼上的一个房间。他住院期间把工作室借给一个女大学生住,女生在那里留下一个盒子,里面是一管管的吗啡,他就一滴滴地服用。我没有找到那个女生的名字。

一九四三年十二月三十一日,他在布卢塞医院因破伤风去世,年仅三十六岁。他在二战爆发前几年出版了两本诗集,其中一本名叫《生命,爱情,死亡,虚空和风》。

我不认识的很多朋友都在一九四五年,我出生的那一年,从这个世界上消失了。

在孔蒂码头15号公寓,从一九四二年起我父亲就一直住在那里——前一年这套公寓租给了莫里斯·萨克斯——我童年的卧室就是那朝院子的两间房中的一间。莫里斯·萨克斯说他曾经把这两间房借给某个阿尔贝,外号"瘤牛"的人住。此人在家里收留了"一帮刚开始写作、梦想成立一个青年剧团的年轻演员"。这个"瘤牛"的全名叫阿尔贝·夏基,和我的父亲同名,出身于萨洛尼卡的一个意大利犹太家庭。一九三八年,二十一岁的他在伽利玛出版社用弗朗索瓦·维尔内的笔名出版了第一部小说,三十年后,我恰好也在这个年纪做了同样的事情。后来,他参加了抵抗运动。德国人逮捕了他。他在弗雷讷第二队的218号牢房的墙上写道："四四年二月十日瘤牛被捕。被严密看管了三个月，五月九日到二十八日被审讯，六月八日接受探视，在盟军登陆两天后。"

他是一九四四年七月二日那一批被送往贡比涅集中营的，一九四五年三月死于达豪。

就这样，萨克斯曾经倒卖黄金的那个公寓，不久就成了用假身份证作掩护的我父亲的藏身之所，"瘤牛"以前住过的房间成了我小时候的卧室。其他那些和他一样在我出生之前在这里住过的人千方百计冲淡这个地方的悲剧色彩，让我们只感到一点点忧伤。十八岁那年，当我和父亲坐在警车上时，我已经意识到了这一点——我们走的那一程只是一种不痛不痒的重演和戏仿，从前也有人坐着同样的车去同样的警察局——只是那些人走了以后永远都不能像我那天一样，重新回到自己的家中。

十二月三十一日傍晚，就像今天一样，天很早就黑了，那年我二十三岁，我记得自己去找费尔迪埃尔医生。在我感到惶恐不安和不确定的那个时期，他对我非常和蔼，充满善意。我只是隐约听人说过他曾经在罗德兹的精神病院收留过安托南·阿尔托并试图医治他。但那天晚上，一个惊人的巧合触动了我：我给费尔迪埃尔医生带了一本我的处女作《星形广场》,这个书名让他吃了一惊。他去书房找了一本薄薄的灰色封面的小书递给我:罗贝尔·德斯诺斯的《星形广场》,医生和书的作者是朋友。一九四五年,就在我出生的那一年,德斯诺斯死在泰雷津集中营,几个月后,费尔迪埃尔医生亲自在罗德兹出版了这部作品。我不知道德斯诺斯写过一本叫《星形广场》的书。我在无意中偷了他的书名。

两个月前,一个朋友在纽约犹太研究学院,从占领期间创立的组织"法国犹太人总会(UGIF)"的所有档案中翻出这份资料:

3L/SBL/　　　　　一九四二年六月十七日

　　　　　　　　　　　　　　　　　0032

　　呈萨洛蒙小姐的记录

　　多拉·布吕代于十五日当天,在克里尼昂古尔街区警察的护送下回到她母亲那里。

　　因为她连续多次离家出走,档案上注明让她去一家青少年管教所接受教育。

　　由于她父亲已经被拘禁,而她母亲又非常贫困,如果有需求,警察局的女社工会给予必要的帮助。

就这样，多拉·布吕代，在一九四二年四月十七日被送回她母亲家之后，又一次离家出走了。这次出走持续了多长时间，我们一无所知。一个月，一个半月？一星期？一九四二年春天，她偷偷溜出去多久？她是在哪里又是在怎样的情形下被捕并被送到克里尼昂古尔街区的警察局的？

从六月七日开始，犹太人被强制要求佩戴黄星。姓氏首字母是 A 和 B 的人从六月二日星期二开始就要去警察局去领黄星，在专门的户籍登记簿上签名。当多拉·布吕代被带到警察局时，她有没有佩戴黄星？当我想到她表姐说过的话，对此表示很怀疑。个性反叛而独立。而且，很有可能，在六月初之前，她就已经离家出走逃之夭夭了。

她是在大街上被捕的吗？因为没有佩戴黄星？我找到了一九四二年六月六日颁布的一份关于违反第八项关于佩戴黄星条例的通报：

刑事警察总局局长和民事警察总局局长

致各警察分局长、区公交治安警署署长，巴黎各街区警署署长和所有其他司法和执法部门（通报：一般情报处、技术服务处、外国人和犹太人事务处……)

程序：

一、犹太人——年满十八岁的男子：

所有违规的犹太人都由公交治安警署送去集中营，特殊遣送令单独开，一式两份（副本给分局局长胡长官，他也是公交治安警署——集中营处的负责人）。这份证明上除了逮捕的地点、日期、时间和当时的情况，还有被捕人的姓名、出生时间和地点、家庭情况、职业、住址和国籍。

二、16—18岁的未成年男女和犹太女人：

他们同样由公交治安警署送去集中营，执行方式同上。

集中营的值班室将最初的遣送命令传达给外国人和犹太人事务处，在得到德国当局的意见后，对他们的情况做出裁定。没有这个处的明文规定不得有任何宽大处理。

刑事警察总局局长：唐居伊
民事警察总局局长：艾纳甘

几百名像多拉一样的青少年在那一年的六月在街头被

捕，依据的就是唐居伊和艾纳甘两位长官明确而具体的指令。他们先去了德朗西集中营，之后是奥斯维辛。当然，"单独开具的特殊遣送令"的副本是呈胡局长的，这些遣送令在战后被毁掉了，或许甚至是当时分批次逮捕分批次毁掉的。但还是有几张因为疏忽留了下来：

一九四二年八月二十五日的报告
一九四二年八月二十五日
我把没有佩戴犹太人标志的囚犯送往集中营：
艾丝岱尔·斯泰尔曼，一九〇六年六月十三日生于巴黎十二区，弗朗布尔热瓦路42号。
本雅明·罗茨坦，一九二二年十二月十九日出生在华沙，弗朗布尔热瓦路5号，在奥斯特里兹火车站被第三情报处的探员拘捕。

一九四二年九月一日的警察局报告：
探员居里尼埃和拉萨尔致主管警署署长、特殊分队队长
我们将名叫露易丝·雅各布森的女犯移交给您，她一九二四年十二月二十四日出生于巴黎十二区[……]一九二五年获得法国国籍，犹太籍，单身。

住在十一区布莱路8号母亲家里,大学生。

当日约十四点在她母亲家被捕,当时情况如下:

我们到指定地址做入户调查,年轻的雅各布森正好回家,我们注意到她没有佩戴德国人条例中要求佩戴的犹太人标志。

她告诉我们她当日八点三十分从家里出发去克洛维斯路的亨利四世中学上会考预备班。

此外,该名年轻女子的多位邻居向我们揭发她经常不佩戴犹太人标志出门。

雅各布森小姐对我们警署的档案和司法记录一无所知。

一九四四年五月十七日。昨天22:45,18区的两名保安在巡逻期间逮捕了法国籍犹太人儒勒·巴尔曼,一九二五年三月二十五日出生在巴黎十区,家住灰索路40号乙(十八区),被两名保安叫住后逃跑,因为没有佩戴黄星。保安朝他逃跑的方向开了三枪,没有伤到他,在夏尔-诺蒂埃路12号公寓楼9楼(十八区)的藏匿处将他拘捕。

但是,在"呈萨洛蒙小姐的记录"中,多拉·布吕代被送还她母亲家中。没有提到她有没有佩戴黄星——她和她母亲应该在一周前就要开始佩戴——这说明克里尼昂古尔警察局当天只是把多拉当成一名离家出走的普通少女来处理的。至少警察并不是这份"呈萨洛蒙小姐的记录"的始作俑者。

我没有找到这位萨洛蒙小姐的踪迹。她是不是还活着?从资料上看她应该在法国犹太人总会工作,一个由法国知名犹太人士领导的组织,在德军占领期间负责针对犹太社群的救济工作。法国犹太人总会的确为很多人提供了救济,但可惜它创立时的身份暧昧,因为它是在德国人和维希政府的授意下创建的,德国人认为一个诸如此类受他们掌控的组织更便于达到他们的目的,就像他们在波兰很多城市搞的犹太居委会[①]一样。

法国犹太人总会的知名人士和工作人员有一张"合法证",可以让他们免于抓捕和监禁。但很快,这种优待就不算数了。从一九四三年起,几百名法国犹太总会的领导和员工被抓捕送往集中营。在这些人的名单中,我找到一

[①] 犹太居民委员会:按照德国人的命令,在纳粹占领的欧洲地区的犹太社团内部成立的犹太人委员会,负责执行纳粹关于犹太人的政策。居委会通常小心翼翼地平衡双方势力:一方面,他们感到有责任尽力帮助犹太同胞;另一方面,他们应当执行纳粹当局的命令,而这通常要牺牲犹太同胞。犹太居民委员会扮演的角色是纳粹居犹时期争议最大的问题之一。

位名叫阿丽丝·萨洛蒙的，她在自由区工作。我不知道她是不是那份有关多拉的档案要送呈的那位萨洛蒙小姐。

是谁做的这份记录？法国犹太人总会的一名职员。这就意味着法国犹太人总会的人知道多拉和她父母已经有一段时间了。可能是塞西尔·布吕代，多拉的母亲，在绝望中向这个组织求助，就像大部分生活极度窘困、没有任何其他出路的犹太人一样。这个组织也是她的渠道，从那里获知三月份就被送去德朗西集中营的丈夫消息，给他寄包裹。她想，兴许在法国犹太人总会的帮助下，她最终可以找回出走的女儿。

"如果有需求，警察局（杰弗尔码头）的女社工会给予必要的帮助。"一九四二年这样的女社工有二十名，隶属于刑事警察局的保护未成年人大队。她们组成了一个独立的部门，由主管警署署长助理负责。

我找到一张当时其中两名女社工的合影。两人都是二十五岁左右。她们穿着黑大衣——也可能是藏青色的——头上戴着一顶橄榄帽，别着一枚两个字母 P 构图的徽章：警察局（Préfecture de Police）。左边的那个社工一头褐色头发，垂在肩上，手上拿着一个挎包。右面那位好像抹了口红。在褐色头发那位社工身后的墙上，有两块牌子，上面那块写着：警署社工。牌子下面有一个箭头。

箭头下面："9:30—12:00 值班"。下面那块牌子上的字被褐色头发女社工的头和帽子挡住了一半。但还是可以看到上面写着：

外……处

便衣警察

下面有一个箭头："走廊右手……门"。

人们永远都不会知道那是几号门。

我在想六月十五日多拉在克里尼昂古尔街区警署到六月十七日做完这份"呈萨洛蒙小姐的记录"期间到底发生了什么。人们是否让她跟母亲一起走出警署？

如果她能离开警署，在母亲的陪伴下回到奥尔纳诺大街的旅馆——离警署很近，只要沿着埃尔梅尔路走——这就意味着三天后，当萨洛蒙小姐和位于杰弗尔码头12号的警察局保护儿童处的女社工联系过后，派了人来找她的。

但我感觉事情并不是这么简单。我常常走埃尔梅尔这条路，从蒙马特尔高地到奥尔纳诺大街或从奥尔纳诺大街到蒙马特尔高地，尽管我闭上眼睛，想到多拉和她母亲沿着这条街一直走到他们的旅馆房间，在六月一个阳光灿烂的午后，仿佛和一个平常普通的日子一样，还是不免悲从中来。

我相信六月十五日，在克里尼昂古尔街区警署，命运的齿轮已经启动，而多拉和她母亲对此无能为力。有时候孩子们的要求会比父母高，他们在敌对势力面前态度会表现得比他们的父母更激烈。他们把父母甩得很远很远。而他们的父母，从此以后再也不能保护他们了。

面对警察、萨洛蒙小姐、警署女社工、德国人的指令和法国的法律，塞西尔·布吕代应该感到自己的脆弱和无助，要佩戴黄星，丈夫被关押在德朗西集中营，而且生活"穷困"。她在多拉面前表现得不知所措，而多拉却是个反叛者，曾经几次想撕破那张朝她和她父母撒下的网。

"因为她连续多次离家出走，档案上注明让她去一家青少年管教所接受教育。"

或许多拉是从克里尼昂古尔警署被直接带去警察局的拘留所，这也是惯例。那么她就应该见识过有气窗的大厅、牢房和草垫子，垫子上横七竖八地躺着犹太人、妓女、普通罪犯、政治犯。她应该见识过臭虫、恶臭和女看守，她们都是穿着黑袍的修女，包着蓝色的小头巾，别指望她们有一丝的慈悲心肠。

或许她被直接带到了杰弗尔码头，9:30—12:00 有人值班。她沿着右边的走廊走，一直走到那扇我一直不知道是几号的门前。

不管怎么说,一九四二年六月十九日,她应该是坐上一辆囚车,车上已经有五个和她年纪相仿的女孩。要不然这另外五个女孩是依次从各个警署带上车的。囚车一直把她们送到图雷尔,位于里拉门附近莫尔提埃大街的监狱。

一九四二年这一年，图雷尔监狱保存了一份名册。封面上写着：女囚。里面有先后到达此地的女囚的姓名。都是在被捕时拒捕的女犯、一九四二年八月前的女共党、违反德国人条例的犹太女人。条例有：不准在晚上八点之后出门，要佩戴黄星，不准擅自通过沦陷分界线去自由区，禁止使用电话，不准拥有自行车、无线电通信设备……

一九四二年六月十九日，在这份名册上可以看到这样的记录：

一九四二年六月十九日入狱

439. 19.6.42. 第五　多拉·布吕代。25.2.26. 巴黎十二区。法国人。奥尔纳诺大街41号。J. XX 德朗西 13/8/42。

那一天排在多拉后面的是另外五个和她年纪相仿的女孩的名字：

440. 19.6.42. 第五 克洛蒂娜·文内贝特。26.11.24. 巴黎九区。法国人。莫瓦讷路82号。J. XX 德朗西 13/8/42。

1. 19.6.42. 第五 泽丽·斯托利茨。4.2.26. 巴黎十一区。法国人。莫里哀路48号。蒙特勒伊。J. 德朗西 13/8/42。

2. 19.6.42. 拉卡·伊斯拉洛维奇。19.7.1924. 罗兹。索引。J.（字迹无法辨认）路26号。由德国当局移交，批次 19/7/42。

3. 玛尔特·纳什马诺维茨。23.3.25. 巴黎。法国人。玛尔卡岱路258号。J. XX 德朗西 13/8/42。

4. 19.6.42. 第五 伊万娜·皮图恩。27.1.25. 阿尔及尔。法国人。马塞尔—桑巴路3号。J. XX 德朗西 13/8/42。

警察给她们每个人都编了号。多拉的编号是439。我不知道"第五"所指为何。字母J应该指：犹太人。每次都加了德朗西 13/8/42：一九四二年八月十三日，三百名关押在图雷尔的犹太女子被运到德朗西集中营。

六月十九日星期五，多拉到达图雷尔的那一天，午饭后所有女人都被集中在兵营的操场上。三个德国军官在场。命令十八到四十二岁的犹太女子背过身去排成一排。其中一名德国军官已有完整的名单，给她们逐一点名。其他人回房间。六十六个女人和其他同伴分开，被关在一个空荡荡的大房间里，没有一张床，没有一把椅子，她们被隔离了三天，看守们守在门口。

六月二十二日星期一，凌晨五点，大巴车把她们送到德朗西集中营。就在当日，她们坐上流亡的列车，人数不止九百。这是首批从法国送往集中营的人中有女人的。威胁就盘旋在头顶，但人们不太清楚如何去命名，有那么一时半刻，人们甚至忘了这种威胁的存在，但对图雷尔的犹太人而言却越来越清晰。在多拉被监禁的头三天，她就生活在这种压抑的氛围里。星期一早上，当天还没亮，她透过关着的窗户，和被关押的所有同伴一样，看着六十六名女子离开。

一个警察局的公务员在六月十八日或六月十九日颁布了把多拉·布吕代送去图雷尔兵营的命令。这是发生在克里尼昂古尔街区警署还是在杰弗尔码头12号的保护儿童处？这份遣送命令一式两份交给囚车的押运人，盖了章并签了字。在签字的时候，这名公务员有没有意识到他这个动作的意义？说到底，对他而言，这只是一个普普通通的签名，此外，女孩被送去的当地警署还有一种委婉、让人安心的称呼："住所。监管中心。"

六月二十二日星期一凌晨五点离开，多拉在上周四到图雷尔时照过面的那群女子当中，我可以确定其中几个人的身份。

克罗黛特·布罗什当时三十二岁。她是在去福煦路盖世太保总部探听一九四一年十二月被捕的丈夫的消息时被捕的。她是极少数被送去集中营后生还的人。

约赛特·德利玛尔二十一岁。克罗黛特·布罗什在警察局的拘留所认识了她，之后两人在当天被送去图雷尔关押。据克罗黛特的见证，约赛特·德利玛尔"在战前就生活艰难，没有幸福的回忆可以让她从中汲取力量。她完全崩溃了。我尽我所能去安慰她［……］。当我们被带到寝室、开始分配床位的时候，我坚持要求不要把我们分开。我们一直到奥斯维辛都没有分开，但很快斑疹伤寒把她带走了"。这就是我对约赛特·德利玛尔的一点点认识。我多想知道更多关于她的事情。

塔玛拉·依赛尔里。她当时二十四岁。医学院学生。她是在克吕尼地铁站被捕的，原因是在"大卫星下面佩戴法国国旗"。从后来找到的身份证上得知，她住在圣克鲁的布藏瓦尔路 10 号。她有一张鹅蛋脸，淡栗色的金发，黑色的眼睛。

伊达·勒维娜。二十九岁。留下几封她写给家人的信，在拘留所写的，之后是在图雷尔的兵营。她把最后一封信从巴尔-勒杜克火车站的列车上扔下来，铁路工把信寄掉了。她在信中说："我在前往一个未知的地方，但我给你们写信时乘坐的列车是向东开的：或许我们会去很远的地方……"

艾娜。我用她的名字来称呼她。十九岁。她是因为和男友入室盗窃抢了十五万法郎现金和首饰被捕的。或许她梦想能用这笔钱离开法国，逃脱压抑和充满威胁的生活。她被带到轻罪法庭。因为偷盗她被判了刑。因为她是犹太人，人们没有把她关到普通监狱，而是关在图雷尔。我对她的偷盗行为充满了同情。我父亲和同伙在一九四二年也偷过位于大军路的SKF公司的滚珠轴承仓库，他们把赃物装在卡车上，运到奥什路的黑市去倒卖。德国人的条例、维希政府的法令、报刊文章都把他们当作害群之马和不法分子，于是他们为了生存开始亡命天涯。这是他们的光荣。我也因为这个热爱他们。

我对艾娜的了解除此之外微乎其微：她一九二二年十二月十一日出生在波兰的普鲁什库夫，住在奥伯坎普夫路142号，和她一样，这是一条我常常走的坡道。

阿奈特·泽尔芒。让·若西翁。一九四二年，人们常常看到他们俩在花神咖啡馆。他们在自由区躲了一阵子。之后不幸降临到他们头上。在一个盖世太保军官写的一封信中透露了一点他们的信息：

一九四二年五月二十一日有关：犹太人和非犹太人结婚

我得知法国侨民（雅利安人）让·若西翁，哲学系大学生，二十四岁，住在巴黎，想在圣灵降临节期间娶一九二一年十月六日出生在南锡的犹太女子安娜·玛尔卡—泽尔芒为妻。

若西翁的父母千方百计想阻止他们结合，但他们没有成功。

我于是作为预防手段，下令逮捕犹太女子泽尔芒并把她送去图雷尔兵营关押……

一张法国警察局的档案：

阿奈特·泽尔芒，犹太女性，一九二一年十月六日出生在南锡。法国人：一九四二年五月二十三日被捕。五月二十三日到六月十日关押在警察局拘留所，六月十日到六月二十一日被送去图雷尔兵营，六月二十二日被送往德国。被捕原因：计划和一个雅利安人让·若西翁结婚。两位恋人书面保证放弃结婚的打算，这也符合年轻人的父亲H.若西翁医生的强烈意愿，他希望两人就此打消结婚的念头，希望只是送年轻的泽尔芒小姐回她父母家，不让她有任何顾虑和担忧。

但这个使用非常手段拆散一对年轻恋人的医生实在是太天真了：警察并没有把阿奈特·泽尔芒送回家。

让·若西翁于一九四四年作为战地记者去了前线。我在一九四四年十一月十一日的一份报纸上读到这则启事：

寻人。《自由射手报》①有一名同事失踪：若西翁，一九一七年八月二十日出生在图卢兹，家住巴黎泰奥多尔德邦维尔路21号。九月六日作为《自由射手报》的记者和一对年轻的前抗德游击队员——勒孔特夫妇，乘坐一辆黑色的雪铁龙11出发，前轮驱动，车牌号RN6283，车尾印有白色字样：《自由射手报》。该报社同仁感谢所有能提供线索的知情者。

我听说让·若西翁开车冲向一队德国兵。他用机枪朝他们扫射，他遭到了还击被击毙，他这么做完全是去送死。

次年，一九四五年，让·若西翁的一本书出版了。书名：《一个人在城里走》。

---

① "自由射手"是二战期间总部设在里昂的法国南方抵抗组织，《自由射手报》是该组织的报纸，创刊于一九四一年底。

两年前，我在塞纳河边的一个旧书摊上偶然找到一个男人的绝笔信，他是和克罗黛特·布罗什、若赛特·德利玛尔、塔玛拉·依赛尔里、艾娜、让·若西翁的女友阿奈特等人一起在六月二十二日被送上同一列火车的。

信是放在那里卖的，和其他普通的手迹手稿一样，这说明收信人和他的亲友也不在世了。一小张信纸上正反两面都写满了小字。是某位罗贝尔·塔塔科夫斯基在德朗西集中营写的。我从信中得知他于一九○二年十一月二十四日出生在敖德萨，战前他曾是《插画报》艺术专栏的作者。一九九七年一月二十九日星期三，也就是五十五年后的一天，我誊下了这封信。

一九四二年六月十九日星期五

塔塔科夫斯基夫人

戈德富瓦-卡凡尼亚克路50号　巴黎11区

我是前天被点到名要被送走。我早有思想准备。整个营地都惶恐了，很多人在哭，他们害怕。唯一让我觉得麻烦的是我要求寄了很久的衣服一直没有寄到。我让人寄了一大包衣服：我能否及时收到？我希望我母亲不要担心，谁都不要担心。我会尽我所能平安地回来。如果你们没有我的消息，不要担心，如果需要，你们可以去红十字会打听。去沃基拉尔地铁站附近的圣朗贝尔（十五区的市政府）警察局要五月三日被没收的证件。留意一下我的编号10107的自愿参军证，我不知道它是否在集中营里，也不知道他们会不会还我。请送一张阿尔贝蒂娜的版画给巴黎十一区德盖里路14号的阿诺维希夫人，是给一个室友的。此人会给你们一千两百法郎。写信通知她以确保能找到她。雕刻家会收到三区艺术画廊的邀请，这是我和关在德朗西的贡佩尔先生谈好的：不管怎样要保留三张版画，除非它们已经卖掉了或者编辑部留下了。如果模子还能用，你们可以考虑多印两张。我希望你们不要太难过。我希望玛尔特去度假。如果没有我的消息并不意味着我遭遇了不测。如果你们能及时收到这封信，请尽量多寄一些食品包裹来，而且重量不是他们检查的重点。只要是玻璃装的都会被退回，我们被禁止使用刀叉、剃须刀、钢笔等等。甚至连缝衣针都不行。不过这些问题我会努力自己解决。希望寄一些士兵饼干或无酵面饼。在我平时的通讯录里，我提到过一个叫佩尔斯马吉的同志，帮他找一下瑞典大使馆（伊莱娜），他的个子比我高很多，衣服已经很破烂了（去格朗肖米埃尔路13号找盖特诺）。一两块香皂，剃须皂，剃须刷，一把牙刷，一把刷子。我脑子里一团糟，我把生活所需用品和其他所有我想跟你们说的话都混为一谈了。我们出发的人数将近一千。在集中营里也有一些雅利安人。他们也被要求佩戴犹太人的标志。昨天德国上尉董盖尔来到集中营，一下就炸开了锅。让所有朋友尽量到别的地方去透透气，因为这里已经毫无希望。我不知道在出发前会不会先把我们送到贡比涅。我不把脏衣服寄回去了，我在这里洗。我不知道到了那边会是什么情形。偶尔去找一下萨尔曼夫人，不要去打听，了解一下情况就好。或许我有机会碰到雅克琳娜想搭救的那个人。一定嘱咐我母亲要小心，每天都在抓人，这里有十七八岁的年轻人，也有七十二岁的老人。直到星期一，你们都可以寄包裹到这里，甚至可以寄几次。给比昂费尚斯路的法国犹太人总会打电话，别让人把你们就这么打发走，这不是真的，你们平时把包裹带去邮寄的地方是收包裹的。我在前几封信里不想提醒你们，但我很奇怪一直没收到我出门所需物品的包裹。我想把我的手表或我的钢笔寄给玛尔特，我已经把它们委托给 B 了。在食品的包裹里，不要放任何容易变质的东西，因为包裹之后可能还要跟着我走。把照片放在食品或衣服的包裹里，不要留地址。如果可能再寄一些关于艺术的书籍过来，我会非常感激你们。我可能会在这里过冬，我已经做好了准备，你们别担心。再好好读一读我写的信。你们就会知道我从第一天开始就想要而现在一时想不起来交待的东西。羊毛衫要熨一熨。围巾。还有药。母亲家铁罐子里的糖不多了。让我烦恼的是所有被关进集中营的犯人都被剃了光头，这甚至比佩戴黄星还要明显。万一失去联络，我会把消息送到救世军那里，告诉伊莱娜。

一九四二年六月二十日星期六——我亲爱的家

人,我昨天收到了行李箱,感谢你们为我所做的一切。我还不知道,但我担心很快就会把我们送走。今天他们要给我剃光头。从今晚开始,要出发的人可能都会被关在一个特殊的楼里,严密看管,甚至去厕所都有一个看守陪同。整个集中营都沉浸在凄惨的气氛里。我不认为我们会经过贡比涅。我知道我们将收到路上吃三天的口粮。我担心会在其他包裹寄到前离开,不过你们不要担心,自从我到这里后收到的最后一个包裹很丰盛。我把所有巧克力、罐头和大香肠都收好了。你们放心,我会一直想念你们的。彼得洛希卡的唱片我想在七月二十八日让人交给玛尔特,完整的录音都在四张唱片里。我昨晚见到了B,谢过了他的好意,他知道我在这里的几个重要人物面前推荐了雕刻家的作品。很高兴收到近照,我没有给B看,抱歉不能把作品照片送给他,但我跟他说了他随时都可以跟你们要。很遗憾不能继续给报纸写文章,如果我很快回来或许还来得及。我喜欢勒鲁瓦的雕塑,本来很乐意尽我所能写一篇小文章,哪怕是在出发前的几个小时里,这个念头都一直在我的脑海里。

我请你们照顾好我母亲,我想说的是安排好人手。把我的心愿告诉伊莱娜,她是她的邻居。尽快给安德烈·阿巴蒂（如果他还在巴黎）打电话。告诉安德烈他已经得到地址的那个人，我在五月一号见过，然后三号我就被捕了（这只是一个巧合？）。或许这封有些语无伦次的信让你们感到惊讶，但这里的气氛很糟糕，现在是早上六点半。待会儿我要把不随身带的东西寄回去，我担心带的东西太多。如果搜查行李的人看中了，或者到了最后关头没有位置或他们心情不爽，就会把行李箱扔了（他们是犹太人问题警署的警察、看守或打手）。不过这还是有好处的。我一会儿把东西分分类理一理。你们一旦收不到我的消息，别紧张，别东奔西跑去打听，耐心等待，要有信心，相信我，告诉我母亲我宁可自己踏上的是这趟旅途，因为我看到有人已经去了另一个世界（我跟你们说过）。让我感到遗憾的是我不得不和我的钢笔分开，没有权利得到纸张（脑海中闪过一个可笑的想法：因为刀是禁带的，所以我甚至连一把开罐头的钥匙都没有）。我不想充好汉，这样的气氛让人没有这个心情：很多病人和残疾人也被点名送走，人数很多。我也想到 Rd，希望他最终找到安身之所。我在雅克·多玛尔家有各式各样的东西。我想现在到我家去拿书已经派不上用场了，你们不用忙了。但愿我们一路上有好天气！把我母亲的补助金放在心上，让法国犹太人总会帮助她。我希望你们现在已经和雅克琳娜和好了，她总是让人惊讶，不过说到底是个好姑娘（天色放晴了，应该会是好天气）。我不知道你们是否收到了我的普通明信片，我能否在出发前收到你们的回信。我想念我母亲，想念你们。想念所有热心帮助过我想让我自由的人。真心感谢那些让我得以"过冬"的人。我要先把这封信搁下了。我得去整理我的包。一会儿见。不管我母亲怎么说，把钢笔和手表送给玛尔特，这封信可能我不能继续写了。亲爱的妈妈，还有亲爱的你们，我深情地拥抱你们大家。要勇敢。一会见，现在是早上七点。

一九九六年四月的两个星期天，我去了东边的几个街区，马利亚圣心寄宿学校和图雷尔那一带，试图寻找多拉·布吕代留下的痕迹。我感觉我应该在一个冷清的星期天，退潮的时候做这件事情。

马利亚圣心寄宿学校已经荡然无存。匹克普斯街街角和加尔德何伊路上是一排排现代大楼。这些楼房中有一些还保留着加尔德何伊路的单号门牌，那一带曾经是寄宿学校绿树浓荫的围墙。稍远处，在同一边的人行道上，双号的那一边街道没有变化。

很难相信48号乙，窗户朝向马利亚圣心寄宿学校花园的楼房里，一九四二年七月的一个早上警察曾经上门抓过九个小孩和少年，那时多拉·布吕代已经被关在图雷尔了。这是一栋五层楼，墙砖的颜色很浅。每层楼有两个窗户，中间还有两个更小的窗户。在旁边，40号是一栋灰扑扑的楼房，做了加固。在这栋楼前面，有一堵砖砌的矮墙和一道栅栏门。对面，和寄宿学校围墙同一边的人行道上，有另外几栋小楼还保持着原来的模样。54号，马上就要到匹克普斯路的地方，有一家咖啡馆，是一位兰琪小姐开的。

突然，我很肯定，在多拉离家出走的那个晚上，她就是沿着这条加尔德何伊路把寄宿学校甩在身后的。我仿佛看见她沿着寄宿学校的围墙走着。或许是因为"加尔"①这个词让她起了出走的念头。

我在街区里走着，过了一段时间，我感到当初那些要回寄宿学校的星期天的忧愁也袭上心头。我肯定她是从纳雄地铁站下车的。她拖延要跨过寄宿学校大门穿过院子那一刻的到来。她在街区漫无目的地溜达了一会儿。暮色降临。圣芒德街静悄悄的，两边绿树林立。我忘了那里是否曾经有过一条土堤。经过匹克普斯老地铁站的出口。或许她有时也从地铁站的这个出口出来？右边，匹克普斯大街比圣芒德街更冷清更荒凉。好像没有树。有的只是星期天晚上返校的寂寥。

---

① "加尔"法语原文是 gare，火车站的意思。

莫尔提埃大街在一个坡上。朝南下坡。要到这条街上去，一九九六年四月二十八日这个星期天，我走的是这条路线：档案路—布列塔尼路—菲耶杜卡尔瓦尔路。然后走上奥伯坎普夫路，艾娜曾经就住在那里。

右边，在树荫底下，沿着比利牛斯路下去，就是梅尼尔蒙当路。140号的居民区在阳光下很冷清。在圣法尔若路的最后一段，我感觉在穿过一个荒凉的村庄。

莫尔提埃大街两边是梧桐树。从那里到里拉门前，是一直都存在的图雷尔军营营房的尽头。

这个星期天，大街上冷冷清清的，静得我都能听到梧桐树叶的沙沙声。图雷尔老军营围着高高的围墙，挡住了里面的楼房。我沿着墙走。墙上嵌了一块牌子，上面写着：

军事区域
禁止摄影摄像

我心想再也不会有人记得过去的一点一滴了。在围墙后面是一块无人之地，一个虚无和遗忘之境。图雷尔的老楼没有像匹克普斯路的寄宿学校一样被拆毁，但拆没拆都一样。

然而，在这一层厚厚的失忆下面，时不时可以真切地感受到什么，一种遥远的回音，喑哑的，不能确切说出到底是什么东西。这就好像置身在一个磁场的边缘，没有摆锤来探测磁波。在怀疑和内心不安的驱使下，人们贴了告示牌："军事区域。禁止摄影摄像。"

二十岁的时候，在巴黎的另一个街区，我记得也有过和站在图雷尔围墙前体会到虚无感一样的情绪，却不知道这到底是因为什么。

我有一个女友，常在不同的公寓和乡下的房子里借宿。每次我都趁机在书房里偷几本艺术书和限量编号版的图书，然后拿去倒卖。有一天，我们单独在雷加尔路的一个公寓里，在翻箱倒柜之后我偷了一个老音乐盒、几套非常优雅的西服、几件衬衫和十几双高档皮鞋。我在电话本上找一家旧货店的电话好把这些东西卖掉，我找到一家，在圣保尔花园路。

这条路从塞纳河的塞莱斯丹码头开始，和查理大帝路相交，在我前一年参加会考的那个中学附近。就在最后几栋楼房其中一栋的楼下，双号这边，就快到查理大帝路那里，有一道生锈的卷帘门，半卷着。我走进一个仓库,堆着家具、衣服、废铜烂铁、拆下来的汽车零件。一个四十来岁的男人接待了我,很客气,建议过几天到现场"收货"。

离开他以后,我沿着圣保尔花园路朝塞纳河走去。单号这边路上的房子刚在不久前全拆毁了。后面是其他楼房。只留下一块空地和断壁残垣。在露天残存的墙面上,还可以看出过去房间的彩色墙纸、烟囱熏过的痕迹。仿佛这个街区遭到了一场轰炸,空寂的感觉因为这条通向塞纳河的冷清的小巷而变得越发强烈。

接下来的那个星期天,旧货店的老板来到让蒂伊门附近的凯莱尔曼大街我女友的父亲家里,我约他在那里"交货"。他把音乐盒、西装、衬衫、鞋子都装到车上。他总共给我了七百法郎。

他邀我去喝一杯。我们在夏尔莱迪体育馆对面两家咖啡馆的其中一家前面停了下来。

他问我是做什么的。我不知道该怎么回答他。最终我跟他说我放弃了学业。然后我问了他一些问题。他和表弟合伙在圣保尔花园路开了这个仓库。他在克里尼昂古尔门跳蚤市场附近还有一个店面。而且,他就出身于克里尼昂古尔门那个街区的一个波兰籍犹太人家庭。

是我开始跟他说起了二战和德军占领时期。他当时十八岁。他记得一个星期六警察去圣多安跳蚤市场抓犹太人，他奇迹般地逃过了围捕。让他感到惊讶的是，在便衣警察中有一个女警。

我跟他提到了每周六我妈妈领我去跳蚤市场时见到的那块空地，就在内伊大街一堆楼房的前面。他当年就和家人住在那里。伊丽莎白-洛朗路。我很惊讶我记得这条路的名字。那个被叫作"平原"的街区。战后那里被夷为平地，现在是一个运动场。

跟他聊天的时候，我想起了我很久没见的父亲。十九岁和我一样年纪的他，在做梦进入精英金融界之前，就靠在巴黎的几个城门附近走私过活：他走私一桶桶的汽油倒卖给车库，不付入市税，还走私饮料和其他商品。所有这一切物品都是逃税运进来的。

在我们告别的时候，他友好地对我说，如果我还有什么东西要卖给他，可以到圣保尔花园路去找他。他又多给了我一百法郎，或许是被我天真年轻的样子打动了。

我忘了他的脸长什么样。我唯一记得的是他的名字。他很可能认识克里尼昂古尔和"平原"区的多拉·布吕代。他们住在同一个街区，年纪相仿。就这样，有一些偶然、相遇和巧合是我们永远都无法知道的……这个秋天，我再次走在圣保尔花园路这个街区时有了这样的感触。仓库和生锈的卷帘门不复存在，边上的大楼都翻新了。我再次体会到一种虚无感。我明白是为什么。小区大多数的楼房在战后根据市政建设的决议都被有条不紊地拆毁了。当时甚至给这个要拆毁的区域编了一个名字和号码：孤岛16号。我找到一些照片，其中一张是圣保尔花园路的，照片上单号一边的房子还在。另一张照片上，圣日尔凡教堂边上和桑斯旅馆周围一半的楼房被拆毁了。还有一张，塞纳河边一片空地，两边人行道上的人在过马路，人行道已经没有意义了：整条诺南蒂耶尔路只剩下一片废墟。在这片空地上后来又盖了一排排的楼房，有时候连过去的街道也做了一些改变。

楼房的正面都是笔直的线条，窗户是方的，混凝土是失忆的颜色。路灯发出冷冷的光。时不时地，有一条长椅，一个小广场，几棵树，加了装饰，叶子是假的。人们并不满足于像在图雷尔兵营的墙上那样挂块牌子："军事区域。禁止摄影摄像。"人们已经毁掉了一切，为了把这里变成像瑞士村庄一样，再也无法质疑它的中立。

我在三十年前见过的圣保尔花园路上见到的彩色墙纸的碎片，是过去人们住过的房间残留的痕迹——在那些房间，曾经生活着一九四二年七月的某一天给警察抓走的和多拉年纪相仿的少男少女。他们的名字一直伴随着街道的名字。但楼房的号码和街道的名字已经完全对不上号了。

十七岁，图雷尔对我而言只是让·热内的《奇迹玫瑰》这本书最后提到的一个名字。他在那里指出了写这本书的地点：一九四三年，桑泰街，图雷尔监狱。他也曾经被关在那里，犯了盗窃罪，就在多拉·布吕代被送去集中营后不久，或许他们曾经相遇过。《奇迹玫瑰》不仅充满了对梅特雷少年教养院的回忆——人们也曾想把多拉送去的那类少年管教所中的一个——现在看来，这本书也充满了对桑泰街和图雷尔的回忆。

书里有些句子我都会背。此刻我脑海中浮现的是其中的一个句子："这个孩子教我巴黎市井的俚语，这是一种让人忧伤的柔情。"这个句子让我自然而然地联想到似曾相识的多拉·布吕代。人们曾要求这些有着波兰、俄国、罗马尼亚名字的孩子佩戴黄星，而他们却是地地道道的巴黎人，和大楼的门面、人行道、只有巴黎才有的延绵不断的灰调融为一体。和多拉·布吕代一样,他们都有巴黎口音,说着让让·热内感到一种忧伤的柔情的街头俚语。

在图雷尔,当多拉关在那里的时候,可以收到包裹,周四和周日可以探视。甚至周二还可以做弥撒。看守早上八点点名。囚犯在床前立正站好。午饭在食堂只能吃到白菜。在军营的操场上散步。晚上六点吃晚饭。再点一次名。每半个月洗一次澡,在看守的陪同下,两个两个进去洗。口哨声。等待。如果要探视,得给监狱长写信,不过不知道他会不会批准。

探视在食堂进行,过了中午就开始了。警察对来人的包进行搜查。他们打开包裹。常常探视被无故取消,而囚犯只在一小时前才被告知。

多拉在图雷尔可能见过的女子当中,有那些被德国人称作"犹太人之友"的女人:十几个雅利安血统的法国女人,她们勇敢地在六月犹太人被要求佩戴黄星的第一天,也戴上了黄星表示她们的同情和支持,但在占领当局的眼中她们的举动是荒唐和放肆的。有一个把黄星戴在她的爱犬的脖子上。有一个在上面绣了:巴布。另一个绣了:珍妮。还有一个挂了八颗黄星在她的腰带上,每颗星上有一个字母,连在一起是 VICTOIRE(胜利)。所有这些女人都是在街上被捕带到最近的警察局的。然后是警署的拘留所。然后是图雷尔。然后，八月十三日，德朗西集中营。这些"犹太人之友"从事的职业分别是：打字员、文具店职员、卖报人、清洁女工、邮局职员、大学生。

八月，抓捕行动越来越多。被捕的女人甚至不再送去拘留所而是直接送到图雷尔。二十人一间的牢房人数翻了一番。因为拥挤，房间里的温度让人窒息，焦虑的情绪也越发蔓延。大家明白图雷尔就像一个分流的车站，每一天都可能被送去一个未知的目的地。

已经有两队为数一百来号的犹太女人在七月十九日和二十七日被送往德朗西集中营。她们当中就有拉卡·伊斯拉洛维奇，波兰籍，十八岁，和多拉同一天到图雷尔，或许还坐同一辆囚车。或许还跟她睡同一个牢房。

八月十二日晚，消息在图雷尔蔓延，说所有犹太女人还有那些被称为"犹太人之友"的女人第二天都要被送去德朗西集中营。

十三日晨，十点，兵营操场的栗子树下响起了不间断的点名的声音。大家最后一次在栗子树下吃午饭。一顿吃不饱的可怜的饭菜。

大巴车到了。好像有足够的位置让所有女囚都能坐下。多拉和其他女子一样。那是个星期四，探视的日子。

车队开动了。由一队戴头盔的摩托车骑警押送。走的是今天我们去华西机场走的路。沿途的一些楼房被拆掉了，建了一条高速公路，像过去搞"孤岛16号"一样，改变了那里的风景，把东北郊变成一个灰扑扑毫无特点的地方。但在去机场的路上，一些蓝色的牌子上还写着过去的地名：德朗西或罗曼维尔。就在高速公路两边，巴尼奥莱门附近，还有一个二战的残留物，一个被遗忘的木头棚屋，上面写着一个清晰可见的名字：杜尔默尔①。

在德朗西，多拉在人群中见到了已经在那里关了三个月的父亲。那一年八月，和图雷尔、和警局拘留所一样，集中营每天都挤满了像潮水一样涌来的越来越多的男男女女。有的是成百上千坐运货的火车从自由区来的。数百数百的女人，被迫和自己的子女分开，是从皮蒂维耶和博讷拉罗朗德的集中营来的。八月十五日和接下来几天，四千名儿童在他们的母亲被送去集中营后来到这里。他们当中很多人的名字，在皮蒂维耶和博讷拉罗朗德匆匆出发前写

---

① 法文是 DUREMORD，和痛苦的死亡（dure mort）谐音。

在他们衣服上的，已经难以辨认。身份不明儿童122号。身份不明儿童146号。三岁大的小女孩。小名莫妮卡。身份不明。

因为集中营人满为患，而犯人还会源源不断地从自由区送过来，当局决定九月二日和五日把法国籍的犹太人送去皮蒂维耶集中营。和多拉同一天到图雷尔的四名十四五岁的姑娘：克罗蒂娜·文内贝特、泽丽·斯托利兹、玛尔特·纳什马诺维奇和伊万娜·皮图恩，随着这批大约一千五百人的法国犹太人队伍出发了。或许他们还存有幻想，以为他们的法国国籍可以保护他们。多拉也是法国国籍，原本可以和他们一起离开德朗西。她没有这么做，原因只有一个，很容易猜到：她宁愿和父亲待在一起。

父女俩于九月十八日离开德朗西，和其他一千名男男女女坐上了开往奥斯维辛的列车。

多拉的母亲，塞西尔·布吕代于一九四二年七月十六日大围捕那天被抓，关在德朗西。她在那里和丈夫团聚了几天，当时他们的女儿还在图雷尔。塞西尔·布吕代于七月二十三日在德朗西获释，可能是因为她出生在布达佩斯，当局还没有下达流放原籍匈牙利的犹太人的命令。

一九四二年的那个夏天，她是否在某个星期四或星期天去图雷尔看望过多拉？一九四三年一月九日，她再次被关进德朗西集中营，一九四三年二月十一日踏上开往奥斯维辛的列车，比丈夫和女儿晚五个月。

九月十九日星期六，多拉和她父亲被送走的第二天，占领当局下令巴黎全城宵禁，作为对在莱克斯电影院发生的刺杀事件的镇压。下午三点到第二天早上，谁都不能出门。整座城市冷冷清清的，好像是为了纪念多拉的缺席。

从那以后，我试图寻找多拉踪迹的巴黎都跟这一天一样荒凉和寂寥。我穿过冷清的街道。对我而言，甚至在晚高峰的时候，当人们朝地铁口蜂拥而去的时候，它们都一直是冷清的。我忍不住会想起她，在某些街区感觉到她存在的回音。另一个晚上，是在火车北站附近。

我一直不知道她第一次离家出走的冬天的那几个月和之后春天她再次逃走的几个星期是怎么过的，藏在哪里，有谁陪着她。那是她的秘密。一个可怜的、宝贵的秘密，所有刽子手、法令、所谓的占领当局、拘留所、兵营、集中营、历史、时间——所有玷污你毁灭你的一切——都不能从她那里偷走的秘密。